LES HISTOIRES EXTRAORDINAIRES DE LA MÉTÉO

Histoire et nature
pour mieux nous adapter
demain
Amicalement
Louis Bodin

Louis Bodin

Les histoires extraordinaires de la météo

Fayard

Couverture : Hokus Pokus Créations

ISBN : 978-2-213-73137-7

Dépôt légal : septembre 2025

Des climats et des hommes

La météorologie offre une magnifique ouverture sur la compréhension de nos milieux, géographiques et sociaux, l'environnement et les mouvements climatiques, la Terre, ses ressources et sa biodiversité. En tant qu'êtres humains, de notre naissance à notre disparition, nous sommes imprégnés par ces milieux. Mais surtout, nous vivons dans l'atmosphère, une atmosphère qui dépend de la température, de l'humidité, de la pression ou encore du vent. Que nous le voulions ou non, nous évoluons bien au gré des fluctuations météorologiques. Tout le peuplement et les mouvements de populations humaines sur Terre l'attestent.

Dès notre apparition en tant qu'espèce (c'est-à-dire bien après que notre planète s'est formée !), nous avons compris combien nous étions vulnérables à ces conditions fluctuantes ; mais nous avons également saisi les avantages que nous pouvions en tirer. Pendant des siècles, nous avons su garder ce lien étroit avec notre environnement, en parvenant à nous adapter, malgré des moyens souvent limités. Jusqu'à ce que le développement rapide de la science et de la technique, avec la première révolution industrielle aux XIXe et XXe siècles, nous éloigne de cette relation, voire d'une collaboration, une compréhension et une interpénétration indispensables.

J'ai eu la chance de grandir au plus près de la nature, que ce soit au bord de la mer, à la lisière d'une forêt ou dans la campagne provençale. J'ai eu l'occasion de me rendre parfois à l'école le matin en petit dériveur, accompagné par mon père. Il fallait que la marée soit haute au bon moment, que les vents soient favorables, mais quelle émotion de débarquer en classe depuis le petit port du Betey à Andernos-les-Bains, en Gironde. Cette proximité m'a toujours donné envie d'aborder ces paysages en me sentant en harmonie avec les émotions qu'ils suscitent. Un jour, j'ai décidé de traverser l'Atlantique à la voile, ce qui nécessite d'acquérir de l'expérience, d'écouter, d'apprendre. Traverser sa première tempête rend humble. Oser partir en mer sur un bateau de course, le plus léger possible, donc inconfortable, oblige à une concentration de tous les instants et à laisser tomber les faux-semblants. La mer ne vous fera aucun cadeau. Elle peut être une mer d'huile ou totalement déchaînée. Dans tous les cas, elle vous demandera d'être vrai. C'est une rencontre qui nous fait prendre conscience de notre fragilité, mais également de l'exaltation que la nature peut provoquer.

Comme l'explique bien mieux que moi Sylvain Tesson, il faut garder notre capacité d'émerveillement face à la nature. À travers les épreuves, les voyages, les échanges, cet affrontement avec les éléments nous apprend à aiguiser nos sens, à stimuler nos émotions, à renforcer notre connaissance. Les générations qui nous ont précédés – 7 000 à peu près depuis l'apparition d'*Homo sapiens* – nous ont laissé de précieux témoignages. Se replonger dans leur histoire peut nous aider à prendre le bon chemin.

Dans les pages qui suivent, vous découvrirez combien la météorologie a souvent conditionné le peuplement humain et contribué à son développement. Ainsi, ce sont les courants aériens et marins qui ont guidé les voyageurs et orienté leurs explorations. Si les vents avaient tourné dans le sens inverse de celui que nous connaissons autour de l'anticyclone des Açores, la découverte de bon nombre de territoires aurait obéi à une chronologie totalement différente. Par ailleurs, les alizés qui balaient la terre au niveau des tropiques transportent des particules et des micro-organismes d'un continent à l'autre, et ce sont eux qui ont favorisé l'installation de la faune et de la flore dans cette partie du globe. La forêt amazonienne n'aurait jamais connu cette richesse et cette intensité biologiques sans les nutriments africains apportés par l'alizé qui souffle d'est en ouest.

La nature a bien souvent favorisé les marins les plus avisés dans leur soif d'aventures et de conquêtes. Il fallait une sacrée dose d'intelligence et un excellent sens de l'observation pour déjouer les pièges de la mer et du vent avec si peu d'instruments. Des qualités dont les plus grands conquérants n'ont pas toujours fait preuve. S'ils avaient su écouter les saisons, Alexandre le Grand ou Napoléon ne seraient peut-être pas passés à côté de certaines batailles décisives. À l'inverse, parce qu'ils ont su lire dans le milieu naturel, certains hommes et des femmes moins illustres ont initié des découvertes fondamentales en chimie ou en biologie.

Aujourd'hui, le défi du réchauffement climatique nous oblige à retrouver cette proximité avec la Terre, qui va rester notre habitat pour quelques millénaires encore. L'évolution des sciences, de nos savoirs, nous permettra de remporter le défi technologique, mais il nous faudra dans le même temps relever le défi humain. Nous sommes tous interdépendants. Les nuages ne connaissent pas de frontières. Les courants marins, la biodiversité, les épidémies non plus. Huit milliards d'individus doivent agir ensemble. Yves Coppens me rappelait régulièrement qu'une espèce, quelle qu'elle soit, ne peut survivre dans notre univers que si elle est capable de s'adapter. Cela vaut évidemment pour l'homme. Il nous faut aujourd'hui devenir enfin des citoyens du monde. Le challenge est de taille mais l'Histoire nous montre que nous avons toujours su nous civiliser (un peu !) d'épreuve en épreuve. Si nous parvenons à témoigner de sens commun, d'altruisme, nous devrions sans peine relever les enjeux qui nous attendent.

PREMIÈRE PARTIE

Quand la météo freine les ambitions de l'humanité

Le *Titanic*, victime du beau temps ? (1912)

Je ne vais pas vous apprendre que la cause principale du naufrage du *Titanic* est sa collision avec un iceberg ! Mais cet événement clé n'est que l'élément le plus concret de la tragédie. En amont, d'autres causes sont à l'origine du naufrage, et, comme d'habitude, la météo joue un rôle déterminant dans l'affaire. Pourtant, tout semblait si bien se présenter…

Le 10 avril 1912, le *Titanic* avait appareillé de Southampton pour son voyage inaugural qui devait le conduire à New York. Ce géant des mers était alors le plus grand navire du monde : avec 269 mètres de longueur, il fait l'orgueil des Britanniques, qui le disent insubmersible grâce aux caissons étanches qui subdivisent sa coque. La traversée inaugurale de l'Atlantique s'annonce donc triomphale, d'autant plus que les conditions de navigation sont excellentes.

Au soir du 14 avril, après deux brèves escales à Cherbourg et à Queenstown en Irlande, le géant des mers a déjà parcouru près de 3 000 kilomètres et vogue déjà dans l'Atlantique nord-ouest. La mer est calme, le temps au beau fixe, et tout laissait penser qu'on pourrait arriver à New York dès le surlendemain dans la soirée. Mais, quelques heures plus tard, l'« insubmersible » *Titanic* heurte un iceberg au large du grand banc de Terre-Neuve et sombre en quelques heures, emportant avec lui 1 500 de ses 2 200 passagers. En apparence, la météo est la dernière des coupables, car, dans la zone où navigue le *Titanic* juste avant le naufrage, la mer est parfaitement calme. Un bel anticyclone règne sur toute la région. Ni vent, ni creux… presque une mer d'huile ! Et, contrairement à ce qu'on affirme souvent, pas de brouillard non plus : les étoiles brillent dans le ciel, ce qui assure en théorie une belle visibilité aux guetteurs.

Et pourtant, cette météo trop belle est sans doute – et par deux fois – à l'origine du naufrage. Pourquoi ? D'abord parce que la mer du Labrador et la mer de Baffin – entre le Canada et le Groenland – sortent, en ce début avril, d'un hiver particulièrement doux. Les températures clémentes ont favorisé le détachement des icebergs depuis les glaciers de la mer de Baffin. Icebergs que le courant du Labrador s'est chargé de répandre au large de Terre-Neuve… En temps normal, ces icebergs sont emportés vers le nord-est par le Gulf Stream. Mais, cette année, les glaces sont descendues plus au sud, et tardent à être dispersées, de sorte que les eaux du grand banc de Terre-Neuve sont infestées. En venant au secours du *Titanic*, le navire *Carpathia* dénombrera sur sa route pas moins de 25 icebergs dépassant 60 mètres de hauteur ! C'est donc bien la météo qui est responsable de la présence même de l'iceberg sur la route du *Titanic*.

Il semble qu'elle essaie de se racheter en offrant au navire des conditions de navigation très favorables. Car, avec le beau temps qui règne au large de Terre-Neuve, les guetteurs du *Titanic* peuvent – en théorie – observer l'horizon jusqu'à 15 kilomètres à la ronde. De quoi bifurquer à temps et éviter les icebergs qui pullulent dans la région. Et pourtant, le veilleur Frederick Fleet n'aperçoit l'iceberg fatal qu'à 500 mètres de distance ! C'est trop peu pour qu'un mastodonte comme le *Titanic*, lancé à pleine vitesse, puisse changer de cap. Le navire heurte l'iceberg par tribord. Sa coque est déchirée sur près de 80 mètres de longueur. Trop pour que les compartiments étanches puissent jouer leur rôle. En quelques heures, le *Titanic* coule et emporte 1 500 personnes dans les eaux glaciales de l'Atlantique, le tout sous un beau ciel étoilé et dans une mer toujours très calme.

Alors, comment est-il possible que l'iceberg n'ait pas été repéré plus tôt ? L'absence de lune, dont la lumière aurait pu se refléter sur le géant de glace, a joué en défaveur du *Titanic*, mais, même sans elle, les guetteurs auraient dû apercevoir l'iceberg bien avant. Cela peut paraître paradoxal, mais, s'ils ne l'ont pas vu, c'est sans doute parce qu'il faisait trop beau ! En effet, dans ces conditions météorologiques idéales, il arrive que la vision soit faussée par des mirages. Non pas des mirages de chaleur comme dans le désert ou sur une route exposée au soleil, qui vont donner l'impression de voir un objet brillant ou un petit morceau du ciel sur la route. En région polaire, au contraire, le contraste entre la surface très froide de la mer et les couches d'air plus chaudes en altitude peut générer un mirage « supérieur », c'est-à-dire qui donne l'impression de voir un objet au-dessus de l'horizon. En effet, l'atmosphère étant composée de couches d'air froides près de la surface, et plus chaudes en altitude, il arrive que la lumière provenant d'un objet situé à la surface de la mer s'incurve et se reflète sur la couche d'air chaud située en hauteur. Le mirage donnera ainsi l'impression que l'objet se trouve au-dessus de l'horizon réel.

Or, durant la nuit du naufrage, l'objet qui se reflète dans les plus hautes couches d'air n'est autre que… l'océan lui-même ! En se reflétant, il crée une sorte de bande brumeuse sombre qui se confond avec l'océan réel, donnant ainsi l'impression que l'horizon se trouve « plus haut » qu'il ne l'est en réalité. Le problème, c'est que ce reflet trompeur peut masquer les objets bien réels qui se trouvent derrière lui… En l'occurrence, le mirage a dû dissimuler l'iceberg aux yeux des guetteurs. La masse de glace n'a surgi de cette fausse brume que lorsque l'effet du mirage s'est estompé, à seulement 500 mètres de distance ! Trop tard pour l'éviter.

Bien sûr, comme toujours, la météo n'est pas seule en cause dans l'événement : si l'équipage avait été plus prudent, en naviguant un peu moins vite dans des eaux qu'on savait infestées d'icebergs, l'immense paquebot aurait pu dévier pour éviter l'iceberg. En outre, on le sait, les victimes auraient été bien moins nombreuses si les canots de sauvetage avaient été présents en nombre suffisant. Mais il est probable que le drame aurait pu être évité… s'il avait fait un peu moins beau !

La ligne Congo-Océan : climat d'enfer et colonialisme cruel (1921-1934)

De tous les épisodes peu glorieux de la colonisation française en Afrique, la construction de la ligne ferroviaire Congo-Océan est sans doute l'un des pires. À cause d'un massif forestier au climat hostile, mais surtout de l'attitude criminelle de l'entreprise chargée du projet, ce qui aurait pu être un chantier de construction ambitieux se transforme en enfer à ciel ouvert, ayant entraîné la mort de plus de 17 000 ouvriers forcés en 10 ans. Comment a-t-on pu en arriver là ?

La conquête coloniale française de l'Afrique subsaharienne avait été réalisée pour l'essentiel dans le dernier tiers du XIXe siècle, sous l'égide d'une IIIe République désireuse de s'emparer des richesses du continent noir… et de faire oublier l'humiliation de la guerre de 1870 à grands coups de conquêtes faciles, tout cela sous le prétexte d'un « devoir civilisateur » bien illusoire. La France s'était alors emparée d'un immense territoire, principalement en Afrique de l'Ouest, mais aussi en Afrique centrale, où son emprise s'étendait sur les pays actuels du Tchad et de la République centrafricaine, et plus au sud encore sur ceux du Gabon et de la république du Congo, qui se trouvent au niveau de l'équateur. Ces territoires avaient été regroupés en 1910 sous la tutelle du gouvernement général d'Afrique-Équatoriale française (AEF).

Voisin de l'immense Congo belge, le Congo français dispose d'importantes ressources en bois et d'une façade maritime sur l'océan Atlantique, mais il est soumis à un problème qui nuit à la productivité de cette colonie : la liaison entre l'intérieur des terres et la côte atlantique y est très difficile. Confrontés à un problème similaire, les voisins belges avaient trouvé une solution simple : dans les années 1890, ils avaient construit une longue ligne de chemin de fer entre Kinshasa et le port de Matadi, lui-même relié à l'océan par le fleuve Congo. Une ligne qui leur permet de drainer toutes les richesses africaines jusqu'aux navires en partance pour l'Europe… Côté français, on tente donc de trouver une solution similaire : un chemin de fer entre Brazzaville, la ville française voisine de Kinshasa, et le port de Pointe-Noire.

Mais, des années durant, le projet reste au point mort, car il se heurte à un obstacle majeur : le massif du Mayombe. Une chaîne de basses montagnes, située à seulement 50 kilomètres de la côte, barre la route au chantier. Ce massif culmine à 930 mètres d'altitude, mais il implique d'innombrables franchissements de vallées, tunnels, et aménagements à flanc de montagne au bord de ravins vertigineux. Surtout, le Mayombe est recouvert d'une forêt tropicale très dense, et comme il se trouve à 500 kilomètres de l'équateur et non loin de l'océan, il est soumis à un climat équatorial sous influence océanique. C'est-à-dire que l'année ne comporte que deux saisons : une courte saison sèche entre juin et septembre, et une interminable saison des pluies tout le reste de l'année ! Il y tombe en moyenne 1 200 millimètres de pluie, soit autant qu'à Brest, mais dans des conditions bien moins vivifiantes : durant la saison des pluies, les températures dépassent 30 °C. En outre, l'humidité inhérente à la forêt équatoriale est encore accrue par celle apportée par les alizés océaniques, qui se condense sous l'effet de l'altitude au contact du massif montagneux. Le résultat ? Une hygrométrie souvent proche de 100 %. Cette chaleur humide est au mieux oppressante, au pis littéralement étouffante.

Dans un tel environnement, un chantier de construction devient un véritable défi, d'autant que le relief nécessitera d'édifier, en seulement 50 kilomètres, des dizaines de ponts, des kilomètres de murs de soutènement à flanc de falaise, ainsi que ce qui doit devenir le tunnel le plus long d'Afrique à cette époque. Un projet ambitieux comme la IIIe République les affectionne. Le chantier aurait pu être l'occasion d'illustrer le savoir-faire français en matière de grands travaux... Il va devenir la démonstration de l'inhumanité d'un pouvoir colonial criminel, doublé d'un immense gâchis de vies humaines.

Le chantier est lancé en 1921, et sa réalisation est confiée à deux entreprises : la Compagnie lyonnaise de l'Afrique-Équatoriale française qui doit réaliser le tronçon oriental, sans difficultés particulières ; et la Société de construction des Batignolles (SCB) qui doit réaliser le tronçon ouest, où se trouve le massif du Mayombe. Sur le chantier, peu ou pas de machines, car elles coûtent cher... tout au contraire de la main-d'œuvre locale, qui est gratuite ! Par une convention passée avec le gouvernement français, l'Afrique-Équatoriale française s'engage à fournir toute la main-d'œuvre nécessaire, soit 8 000 hommes – c'est du moins ce que l'on estime dans un premier temps – recrutés selon le principe du travail forcé.

Dans un premier temps, les travaux avancent assez bien, sans incidents particuliers malgré les conditions de travail précaires des ouvriers. Mais, à partir de 1924, le chantier pénètre dans le massif du Mayombe. Il se heurte alors à la forêt impénétrable, à ses arbres immenses, ses torrents et ses ravins, et surtout à son sol, composé soit d'une roche très dure, soit d'un humus très meuble et dangereux pour les ouvriers, soit de marnes glissantes qui engendrent d'innombrables glissements de terrain.

Mais, par-dessus tout, c'est le climat qui est insupportable : la chaleur humide étouffante et la pluie continuelle rendent tout travail extrêmement pénible. Les ouvriers étant presque nus sous la pluie, les pneumonies se multiplient. À cela s'ajoute de la maltraitance : les ouvriers récalcitrants ou trop lents subissent les coups des contremaîtres. Le travail est permanent : sept jours par semaine, avec une pause le midi pour manger… lorsque le ravitaillement arrive ! Les conditions de logement et d'hygiène sont absolument indignes, au point que des foyers de maladies contagieuses éclatent, aggravés par la pluie. Parmi la main-d'œuvre, le taux de mortalité explose, de même que celui des désertions. Les 8 000 hommes prévus au départ ne suffisent plus depuis longtemps. Il faut chercher la main-d'œuvre de plus en plus loin, jusque sur les territoires du Cameroun, du Tchad et de la Centrafrique. Au total, quelque 120 000 travailleurs forcés seront enrôlés, arrachés à leurs familles et maintenus dans des conditions inhumaines.

Épuisement, maladies, coups, accidents, malnutrition… le chantier est un enfer sur terre. Au pire du processus, on compte jusqu'à 2 700 morts par an. Plus de 7 hommes par jour. Environ un toutes les deux heures de travail. Plusieurs observateurs extérieurs au chantier, comme le journaliste Albert Londres, dénoncent cet immense gâchis de vies humaines et l'inhumanité d'un travail forcé ressemblant à s'y méprendre à de l'esclavage. Mais il faudra que les populations locales se révoltent pour que l'affaire finisse enfin par agiter les esprits en métropole : c'est le scandale de la Congo-Océan.

En 1930, après 6 années d'enfer et des milliers de morts, l'administration coloniale impose à la SCB d'utiliser des moyens mécaniques (compresseurs, bulldozers, tracteurs...) pour remplacer les travailleurs dans un grand nombre de tâches. Enfin, la mortalité chute ! Il ne reste plus qu'à terminer le tunnel de Bamba, chantier pour lequel le ministre des Colonies fait venir des travailleurs chinois... Lesquels refusent immédiatement de travailler tant les conditions sont mauvaises !

En 1934, le calvaire s'achève enfin : la Congo-Océan est terminée. Elle compte 511 kilomètres de voie, 172 ponts, 12 tunnels... le tout édifié au prix de la mort de 17 000 travailleurs forcés. Plus de un mort pour chaque paire de rails posée. Cette fois, le climat hostile n'aura été qu'un levier, un facteur aggravant. À l'origine de cette hécatombe, les véritables responsables sont l'État français et la SCB. En 1946, 12 ans et une guerre mondiale après la fin du chantier, le travail forcé sera interdit dans les colonies françaises. En 2013, la France et l'entreprise héritière de la SCB sont attaquées en justice par des associations, pour crime contre l'humanité.

Un géant des airs détruit par la pluie (1937)

Le *Hindenburg*, c'est un peu le *Titanic* des airs. Même démesure, même ambition, même destin brisé dans une catastrophe mémorable… et déclenchée une fois encore par la météo !

Œuvre de la société Zeppelin, le géant des airs a vu le jour en 1936, dans l'Allemagne hitlérienne qui s'apprête alors à accueillir les Jeux olympiques de Berlin. Il est le plus grand dirigeable jamais construit : 245 mètres de longueur et un volume de 200 000 mètres cubes, le tout pour une masse d'à peine 118 tonnes. Bien sûr, le *Hindenburg* ne peut transporter autant de personnes que le *Titanic* : le dirigeable n'est prévu que pour 72 passagers au maximum, plus les membres de l'équipage. Mais, à une époque où les avions commerciaux ne se risquent pas encore à traverser l'Atlantique, le dirigeable a l'avantage d'être bien plus rapide que les paquebots transatlantiques : deux jours et demi pour relier Berlin à New York – et même moins de deux jours au retour, grâce aux vents favorables – alors que les plus rapides paquebots mettent encore quatre jours à traverser l'océan.

Pour y parvenir, le dirigeable peut compter sur quatre hélices alimentées par des moteurs Daimler-Benz développant une puissance totale de 4 800 chevaux. À l'intérieur de l'habitacle se trouvent les cabines des passagers, mais aussi un petit restaurant, et le poste de pilotage. Enfin et surtout, pour s'élever dans les airs, le géant dispose d'une immense structure en duralumin, un alliage très léger solidifié par traitement thermique – une aubaine pour les dirigeables, qui se doivent d'être le plus légers possible. Formée par 15 immenses anneaux circulaires reliés par les longerons horizontaux, couverte d'une enveloppe en tissu, la structure abrite 16 grands ballons remplis d'un gaz plus léger que l'air. De l'hélium ? Non, car les Américains exercent alors un embargo envers l'Allemagne nazie sur certaines matières premières, dont l'hélium. Les ballons du *Hindenburg* sont donc gonflés au dihydrogène, ce qui présente un inconvénient majeur, car, au contraire de l'hélium, le dihydrogène est hautement inflammable s'il se mélange à de l'oxygène. Ce qui aurait d'ailleurs fait dire à Hitler, en privé : « Jamais je ne monterai dans cet engin. C'est un cercueil volant ! Je ne traverserai l'océan que le jour où les avions seront capables de le faire. Ce cigare géant est rempli de gaz parce que les Américains ne veulent pas nous vendre de l'hélium. Tôt ou tard, il explosera. »

Cette remarque prophétique n'empêche pas l'Allemagne nazie d'utiliser le dirigeable comme un formidable instrument de propagande, lors de la cérémonie d'ouverture des Jeux olympiques de 1936. Quelques mois plus tôt, le dirigeable avait fait ses premiers vols commerciaux au-dessus de l'Atlantique, d'abord vers le Brésil, puis entre Berlin et New York – ou plus exactement la base aéronautique de Lakehurst, dans le New Jersey. Et le succès est au rendez-vous : en près d'une année d'exercice, le dirigeable parcourt 337 000 kilomètres en 63 voyages, dont un d'une distance record de 11 278 kilomètres entre Francfort et Rio de Janeiro !

Tout va donc pour le mieux jusqu'à ce jour fatidique du 6 mai 1937. Parti de Berlin, le *Hindenburg* arrive alors en vue de l'aérodrome de Lakehurst, lorsque son atterrissage est retardé par un orage : le changement de vent impose alors d'effectuer une boucle pour bien se repositionner. Mais le commandant du dirigeable est pressé, car les passagers qu'il s'apprête à embarquer doivent assister au couronnement du roi d'Angleterre George VI, prévu pour le 12 mai. Il faut donc les amener le plus vite possible à Berlin de façon qu'ils aient le temps de gagner Londres dans la foulée. Pour se repositionner face au vent, le commandant choisit donc de ne pas dessiner une large boucle, mais deux virages très secs : on gagnera ainsi un quart d'heure. Bien que brutale, la manœuvre a parfaitement réussi, et le *Hindenburg* s'apprête à atterrir.

Alors qu'il ne se trouve plus qu'à 40 mètres du sol, presque immobile, l'équipage largue les câbles d'amarrage qui tombent au sol. C'est alors que l'impensable se produit : un énorme incendie apparaît à l'arrière de l'appareil. En 30 secondes, il consume tout le ballon dans une gigantesque boule de feu. Au moment où il touche le sol, le *Hindenburg* n'est déjà plus qu'une carcasse en flammes. Sur les 97 personnes qui se trouvaient à bord, 35 ont trouvé la mort. Il y a donc de nombreux survivants, grâce à un écrasement au sol assez peu violent, et au fait que l'habitacle se trouvait au-dessous du brasier. Mais quelles sont les causes de l'embrasement du *Hindenburg* ? On accuse immédiatement le dihydrogène, connu pour être inflammable. Mais, le dihydrogène pur ne peut pas brûler : ce n'est que s'il est mélangé à de l'oxygène qu'il devient dangereux. Il faut donc qu'il y ait eu une fuite. Comment est-elle survenue ?

On s'est longtemps posé la question, mais une enquête menée en 2005 laisse penser que les deux virages secs décrits par le dirigeable juste avant l'atterrissage ont pu exercer sur la structure de telles contraintes que l'un des câbles de tension à l'intérieur de la structure se serait rompu, déchirant l'un des ballons de dihydrogène, lequel se mélange alors à l'air présent dans la structure. Mais, pour que le tout prenne feu, il fallait encore une étincelle. Et c'est là que la météo intervient !

Mouillés par la pluie, les câbles d'amarrage largués au sol deviennent conducteurs ; et, comme ils sont reliés à l'armature métallique du dirigeable, celle-ci est mise à la terre. Une tension électrique se crée alors entre l'armature métallique et l'enveloppe en tissu peu conductrice : elle produit des étincelles, qui embrasent le mélange d'air et de dihydrogène qui se trouve à l'intérieur de l'enveloppe. Il se dégage alors d'énormes flammes… invisibles ! C'est une particularité du dihydrogène. Mais lorsque ces flammes touchent l'enveloppe de l'appareil, celle-ci se consume à son tour, d'autant plus rapidement qu'elle est recouverte d'un mélange d'oxyde de fer et d'aluminium, très inflammable lorsqu'il est exposé à de très hautes températures.

Fait rare pour l'époque, la catastrophe du *Hindenburg* est filmée par les caméras de plusieurs compagnies d'actualités, présentes pour assister à l'atterrissage. Projeté dans toutes les salles de cinéma, le drame fait le tour du monde. C'est une très mauvaise publicité ! Pourtant, le drame du *Hindenburg* ne met pas un terme à l'exploitation commerciale des dirigeables : les vols continueront, désormais avec des ballons gonflés à l'hélium, et en prenant soin de couvrir l'enveloppe d'un enduit graphité, de façon à la rendre conductrice. Cependant, l'incendie du *Hindenburg* signe la fin de l'âge d'or des dirigeables, qui auront à affronter dès l'année suivante la concurrence des premiers vols commerciaux transatlantiques en avion. Beaucoup plus rapides, ceux-ci ne tarderont pas à supplanter les dirigeables.

Londres face au grand *smog*, les Anglais découvrent la pollution de l'air (1952)

Soixante-douze ans plus tard, il reste le pire épisode de pollution atmosphérique de l'histoire du Royaume-Uni. Cinq jours durant, au mois de décembre 1952, la ville de Londres a étouffé dans un gigantesque mélange de brouillard et de pollution, qualifié par les Anglais eux-mêmes de « *smog* », ingénieuse contraction de « *smoke* » (fumée) et « *fog* » (brouillard) qui décrit assez bien la nature toute particulière du phénomène.

Un simple épisode de pollution, sans rapport avec la météo ? Au contraire ! Car, si les polluants ont une origine humaine, c'est bien la météo qui est responsable – et même par deux fois – du grand *smog* de Londres. Mais replongeons-nous dans l'atmosphère londonienne du début des années 1950…

Alors qu'Élisabeth II vient de succéder à son père George VI, les stigmates de la guerre commencent tout juste à s'effacer : les reconstructions consécutives aux bombardements s'achèvent et les tickets de rationnement disparaissent enfin. C'est alors que l'Angleterre bascule vers un autre mal, le plus emblématique peut-être de la seconde moitié du XXe siècle : la pollution, dont le grand *smog* de décembre 1952 allait devenir le symbole.

Depuis la mi-novembre, le froid règne sur Londres. Les températures ne dépassent pas 5 °C dans l'après-midi, et sont proches de 0 °C le matin, avec parfois des pointes jusqu'à – 5 °C. La situation devait encore s'accentuer jusqu'au 6 décembre, date à laquelle la température maximale ne dépassera pas – 2 °C ! Une rareté en Angleterre, dont le climat océanique met ses habitants à l'abri des épisodes de grand froid. Ce froid glacial – et durable – pousse alors des millions de Londoniens à se chauffer. Dans tous les foyers, les poêles, les cheminées ou le chauffage central fonctionnent à plein régime.

Or, en ce début des années 1950, le chauffage est encore alimenté au bois et surtout au charbon. Un charbon de qualité médiocre, dont la teneur en soufre rendait les fumées irrespirables. Comme il fait très froid, la quantité de fumées issues de la combustion de ce charbon domestique est grande. Elle s'ajoute aux autres sources habituelles de pollution, comme les centrales électriques alimentées au charbon, les usines, les fumées d'échappement des automobiles, ou encore celles des trains, qui fonctionnent encore à la vapeur à cette époque. Tant que le vent souffle, cela ne pose pas de problème particulier dans la capitale britannique : les fumées sont rapidement dispersées dans l'atmosphère. Mais, à partir du jeudi 4 décembre, alors même que le froid devient encore plus mordant, un bel anticyclone s'installe, et le vent tombe. Il sera quasiment nul durant 4 jours complets. Les fumées ne sont plus évacuées. Et, alors que le froid glacial pousse les gens à brûler encore plus de charbon, un épais brouillard s'installe. Le fameux brouillard londonien, qui fait tant pour l'atmosphère de nombreux romans ou films policiers ? Pas exactement, car ce brouillard-là est beaucoup plus épais qu'à l'habitude. Surtout, il a une curieuse teinte jaune-noir…

En fait, les particules polluantes se sont mêlées au brouillard : la couleur jaunâtre est due à la présence de dioxyde de soufre, qui se transforme bientôt en sulfate, tandis que la teinte noirâtre provient des particules de suie. Vous l'aurez compris, le brouillard qui s'installe alors regorge de particules polluantes, qu'il est évidemment très déconseillé de respirer. Mais les Londoniens n'ont pas le choix. Quatre jours durant, faute de vent, le « *smog* » règne partout dans la ville. Dans les rues, la visibilité est réduite à quelques mètres devant soi. La conduite automobile devient bientôt impossible, au point qu'on préfère mettre à l'arrêt les transports publics… et même les ambulances ! Rester chez soi n'est même pas une solution, car, bientôt, le smog s'infiltre à l'intérieur même des habitations et des lieux publics. Des salles de cinéma sont obligées de fermer leurs portes, car la fumée est si épaisse qu'elle empêche de voir l'écran ! Bien sûr, tout le monde considère ce brouillard comme suspect, et nombreux sont ceux qui soupçonnent sa toxicité. Mais aucune panique n'éclate, d'abord parce que le flegme britannique l'emporte sur tout, surtout en ces lendemains de guerre mondiale : que sont quelques fumées jaunâtres lorsqu'on a connu le déluge de feu des bombardements ?

Au matin du 10 décembre, la nature décide que le supplice a assez duré : le vent souffle de nouveau et le brouillard se lève, au grand soulagement de la cité londonienne, où la vie quotidienne peut reprendre son cours. Interrogé sur le sujet, Churchill évoque un simple phénomène atmosphérique… Ce n'est que dans les semaines qui suivent qu'on découvre la gravité de l'événement : les statistiques médicales montrent que 4 000 personnes sont mortes à cause de ce brouillard toxique, généralement de broncho-pneumonies ou d'infections respiratoires. La plupart des victimes sont de très jeunes enfants ou des personnes âgées. Depuis, des études ont montré l'existence de

8 000 décès supplémentaires dans les mois qui ont suivi, à cause de symptômes déclenchés par le *smog*.

À ce jour encore, le grand *smog* de 1952 reste l'épisode de pollution atmosphérique le plus meurtrier jamais connu par le Royaume-Uni. Comme souvent, il aura fallu un drame pour déclencher une prise de conscience : la question de la qualité de l'air, jusqu'ici ignorée, va désormais prendre sa place sur la scène politique. Alors que le chauffage au charbon allait être peu à peu abandonné au cours des décennies suivantes, de nouvelles réglementations s'efforceront désormais de restreindre la pollution à Londres.

Le barrage de Banqiao : quand une pluie meurtrière libère quinze milliards de tonnes d'eau (1975)

L'effondrement du barrage de Banqiao est – de très loin – la catastrophe la plus meurtrière liée à un barrage, au point que, durant 30 ans, le gouvernement chinois a fait en sorte qu'on en ignore presque tout. Et si j'en parle, vous vous en doutez, c'est parce qu'elle a été provoquée par un événement météorologique exceptionnel – mais aussi par une conception défectueuse, d'où la gêne des autorités chinoises. Aujourd'hui encore, d'ailleurs, bien que les dossiers relatifs à la catastrophe aient été déclassifiés, la Chine ne reconnaît officiellement « que » 26 000 morts. En réalité, la rupture du barrage de Banqiao le 8 août 1975 pourrait être à l'origine de la mort de 240 000 personnes, soit l'un des pires bilans de l'Histoire pour un événement lié à la météorologie.

Alors, que s'est-il passé ? Un cyclone cataclysmique ? Une sécheresse record ? Rien de tout cela... Pour le dire très simplement, il a plu ! Il a plu en quantité phénoménale, même pour un pays soumis à des épisodes de mousson. Depuis 1949, la Chine est gouvernée par un régime communiste. En pleine politique économique du « Grand Bond en avant » lancée par Mao Zedong, le pays se dote de barrages innombrables. Non seulement pour produire de l'électricité, mais aussi pour irriguer les cultures, et enfin pour prévenir les inondations.

Le barrage de Banqiao est l'un des plus importants du pays : construit en 1952 sur la rivière Ru, un sous-affluent du Yangtsé, il devait permettre de combattre les inondations dans le bassin du Huai. Toutefois, n'imaginez pas un imposant barrage en béton à la paroi presque verticale : conçu avec l'aide d'experts soviétiques, Banqiao est un barrage de remblais, qui prend la forme d'un grand talus composé de parapets et d'enrochements, autour d'un noyau argileux de façon à être imperméable. Il ne fait que 21 mètres de hauteur, mais s'étend sur presque 2 kilomètres de longueur. En outre, il n'est pas seul : des dizaines d'autres barrages l'accompagnent, en amont comme en aval. Dès 1954, toutefois, une nouvelle inondation dans le bassin du Huai montre que ces barrages sont insuffisants : ils sont donc agrandis, celui de Banqiao étant surélevé de 3 mètres. Il doit désormais contenir près de 500 millions de mètres cubes d'eau.

Malheureusement, sa conception est défectueuse : on s'est concentré sur ses capacités de retenue, mais non sur sa résistance en cas d'inondation. L'ingénieur Chen Xing avait bien tenté de donner l'alerte, mais il avait été démis de ses fonctions. Le barrage est prévu pour résister à un événement pluviométrique extrême de 300 millimètres de précipitations par jour, soit ce qu'il pleut normalement en plusieurs mois. Seulement voilà, le 7 août 1975, alors que la Chine se trouve en pleine révolution culturelle, ce sont plus de 1 000 millimètres de pluie qui s'abattent sur la région en une seule journée ! Pourquoi ? L'origine du phénomène est à chercher dans la mer des Philippines.

Au début du mois, une dépression tropicale s'est transformée en tempête, puis en typhon. Baptisé Nina, le typhon produit des vents soufflant jusqu'à 250 kilomètres par heure et frappe Taïwan de plein fouet. Lorsqu'il touche les côtes de la Chine, le typhon affaibli est déjà rétrogradé au rang de simple tempête. Bien moins violents que la veille, les vents ne provoquent que peu de dégâts, mais les précipitations sont toujours abondantes. Elles restent sans conséquence grave tant que la tempête continue à se déplacer. Mais lorsqu'elle arrive dans la région du Henan, la tempête se heurte à un front froid, qui la bloque sur place à partir du 6 août. Elle devait rester 3 jours sur la région, déversant alors une quantité de pluie inimaginable :

1 060 millimètres en une seule journée, et jusqu'à 800 millimètres – soit une année de précipitations moyennes en France – en 6 heures seulement. Pour vous donner une idée, il y aurait là de quoi remplir entièrement 20 pluviomètres successifs ! Du jamais vu. Ce sont des torrents d'eau qui se déversent sur la région. Déjà, des zones sont inondées dans les vallées. Mais il y a pire : les réservoirs des plus grands barrages sont – littéralement – pleins à craquer.

Dans un premier temps, les autorités se refusent à ouvrir en grand les vannes de décharge du barrage de Banqiao, pour éviter d'aggraver les inondations en aval. Face à l'urgence, on tente de le faire, mais les vannes restent bloquées. Elles n'auraient d'ailleurs rien changé : l'eau a atteint un tel niveau qu'elle dépasse désormais de 30 centimètres celui du barrage, qui est submergé. Le problème, c'est que l'eau qui coule à flots par-dessus le barrage entraîne une érosion dramatique de la face externe de l'ouvrage, laquelle se détériore très rapidement. Dans la nuit du 8 août, le barrage affaibli ne peut plus résister à l'incroyable pression exercée par le réservoir : il s'effondre. Une gigantesque masse d'eau s'engouffre alors dans la brèche, à raison de 78 800 mètres cubes par seconde, soit… presque 30 fois le débit des chutes du Niagara !

En 6 heures, ce sont 700 millions de tonnes d'eau qui s'échappent du réservoir de Banqiao. D'autres barrages ont déjà cédé en amont, tandis qu'en aval c'est l'effet domino… Au total, 62 barrages s'effondrent. Quinze milliards de tonnes d'eau sont libérées dans la vallée du Huai, l'équivalent de 15 fois le lac d'Annecy ! Les malheureux habitants voient alors fondre sur eux une vague d'environ 5 mètres de hauteur et de 10 kilomètres de largeur, à laquelle rien ne résiste. Lorsque la vague arrive enfin dans la plaine, une région de 12 000 kilomètres carrés est transformée en lac : c'est l'équivalent de deux départements français. Six villes et des centaines de villages ont été engloutis. Pour éviter que la catastrophe n'empire encore, l'armée reçoit l'ordre de bombarder certains barrages pour faire dévier leurs eaux et éviter que le barrage de Boshan et celui du lac Suya ne cèdent à leur tour. Certaines communes, comme Daowencheng, ont perdu la totalité de leur population ; d'autres la moitié « seulement ». Au total, 11 millions de personnes sont touchées par les inondations. Les routes n'existent plus, les villages restent inaccessibles aux secouristes, alors que les survivants sont victimes de famine et d'épidémies. Dix jours plus tard, un million de personnes n'ont pas encore été secourues.

Quel bilan pour cette terrible catastrophe ? Les documents déclassifiés en 2005 montrent que les premiers rapports avaient fait état de 85 000 morts « sur le coup » dans la province du Henan, mais les épidémies et famines qui ont suivi ont probablement causé 155 000 morts supplémentaires. Le résultat d'un phénomène météorologique exceptionnel, mais surtout de la conception déficiente des barrages construits par un gouvernement totalitaire trop pressé de moderniser son pays à marche forcée. Rappelons d'ailleurs que le bilan de la catastrophe de Banqiao n'est rien comparé à celui des famines et des exécutions provoquées par la politique du « Grand Bond en avant » voulue par Mao Zedong, qui ont causé entre 15 et 55 millions de morts selon les estimations des historiens.

Le développement et l'aménagement d'un territoire ne doivent jamais oublier l'histoire, la géographie et la climatologie du lieu ; la nature se rappelle toujours à nous à un moment ou à un autre !

Challenger, la NASA supplantée par le gel (1986 – janvier)

Ah, la Floride ! Sa chaleur et son soleil font le rêve de nombreux Américains, qui choisissent d'y couler une retraite paisible, sous les palmiers de Miami… Finies, les engelures, la morsure glaciale du froid, ou les corvées de déneigement ! Et pourtant, un jour funeste de janvier 1986, à Cap Canaveral, c'est bien le froid qui a provoqué l'explosion de la navette spatiale *Challenger*, quelques instants après son décollage. Cela mérite bien quelques explications.

Si la base de lancement de la NASA est implantée en Floride, près d'Orlando, ce n'est pas par hasard : il fallait en effet qu'elle se trouve le plus au sud possible, car, plus on se rapproche de l'équateur, plus l'élan procuré par la rotation de la Terre sur elle-même est important. En outre, les bases de lancement doivent se trouver si possible à proximité d'une étendue déserte ou d'un océan, de façon à ce qu'en cas de problème l'engin spatial ou ses débris ne retombent pas sur des zones habitées. Le littoral de la Floride cochait toutes les cases. Il avait aussi l'avantage d'une météo très favorable : 3 100 heures de soleil par an – soit 500 de plus qu'à Nice ! – et une température moyenne à l'année de 25 °C (minimales comprises !).

Le seul inconvénient réside dans la formation fréquente de tempêtes tropicales en été et en automne, qui obligent souvent à repousser les lancements. Mais rien à craindre de ce côté en ce début d'année 1986. Utilisée pour la première fois 4 ans plus tôt, la navette spatiale est déjà devenue familière aux Américains. Chaque lancement est un véritable spectacle qui attire des milliers de spectateurs – placés à quelques kilomètres de la zone de lancement. Unique engin spatial réutilisable au monde à cette époque, la navette est utilisée pour la mise en orbite des satellites, qui deviennent eux aussi une technologie usuelle et en plein essor : pas moins de 14 opérations sont prévues pour l'année 1986.

Le lancement du 28 janvier sera déjà le deuxième, et aura un retentissement particulier. Car, en plus des 6 astronautes confirmés qui forment l'équipage, la navette doit accueillir Christa McAuliffe, une institutrice de 38 ans, mère de famille, choisie parmi des milliers d'Américaines pour une opération de communication : le Teacher in Space Project. L'objectif est d'honorer les enseignants et de stimuler l'intérêt des jeunes Américains pour les mathématiques, les sciences et la conquête spatiale. C'est aussi l'amorce d'un projet destiné à envoyer plus de civils dans l'espace, et une manière de renforcer l'adhésion des Américains aux (très coûteux) projets de la NASA. Mais la météo va en décider autrement…

Le jour J, pourtant, il n'y a aucune menace apparente. Le lancement avait été prévu le 22 janvier 1986, mais, comme souvent, il a été reporté à plusieurs reprises, en raison du retard pris par la mission précédente, mais aussi d'une météo défavorable… au Sénégal ! En effet, la NASA dispose près de Dakar d'un site d'atterrissage de secours, et, pour qu'un lancement ait lieu, il faut que les conditions atmosphériques soient bonnes là-bas aussi. Le 27 janvier, enfin, c'est le vent un peu trop fort qui souffle sur Cap Canaveral qui oblige à repousser le lancement au lendemain. Malheureusement, la nuit du 27 au 28 janvier allait être fatale au lanceur spatial.

Pourquoi ? Simplement parce que les températures chutent en dessous de zéro. Une authentique rareté en Floride où, durant le mois de janvier qui est pourtant le plus frais de l'année, il fait en moyenne 12 °C le matin et 22 °C au meilleur de l'après-midi – pour comparaison, il fait 4 °C et 13 °C à Ajaccio à la même époque ! Autant dire que le risque de gel est pratiquement nul. Et pourtant, en raison d'un vent de nord-est très froid en provenance du Texas, il gèle cette nuit-là à Cap Canaveral, où la température est descendue à – 3,3 °C, ce qui constitue tout simplement un record de froid pour la localité ! Au petit matin, les tours de l'aire de décollage sont couvertes de givre et des stalactites de glace se sont formées… Mais, si la navette ne peut décoller par temps d'orage, parce que la foudre risquerait de dérégler ses instruments électroniques, il n'existe en revanche aucune contre-indication particulière au gel. D'ailleurs, la chaleur infernale dégagée par les réacteurs fera fondre tout le givre des environs en une poignée de secondes…

Alors que brille un beau soleil, les astronautes embarquent donc, radieux, sous les yeux de milliers de spectateurs qui acclament l'enseignante Christa McAuliffe, partie avec la peluche de son fils dans la main. Quelques instants plus tard, à 11 h 38, les réacteurs s'allument et la fusée s'arrache lentement du sol, sous les hourras de la foule enthousiaste. Mais, au bout de seulement 73 secondes de vol, alors qu'elle se trouve déjà à 14 kilomètres d'altitude, la navette et son propulseur explosent en vol, sous les yeux des spectateurs incrédules. Extrêmement solide, l'habitacle où se trouvent les astronautes a résisté à l'explosion. Il poursuit sa course jusqu'à 19 kilomètres d'altitude, avant d'entamer une chute libre vers l'océan, où il s'écrase 2 minutes plus tard à plus de 330 kilomètres par heure, tuant sur le coup tout l'équipage, dont on ignore s'il était encore conscient au moment de la chute. Les 6 astronautes et Christa McAuliffe sont morts : c'est l'accident le plus meurtrier de l'histoire de la conquête spatiale jusqu'ici. Son impact est d'autant plus désastreux que la mission avait été médiatisée, et que le public américain s'était passionné pour le destin de la malheureuse Christa McAuliffe, qui laisse une famille dévastée. La tragédie secoue tellement les Américains que, le soir même, le président Ronald Reagan prend la parole à la télévision depuis le Bureau ovale.

Quelles sont les causes du drame ? Sur le moment, on l'ignore : personne ne comprend d'où provient la défaillance. Mais une longue enquête permettra d'identifier le coupable : un joint torique qui assure l'étanchéité autour d'un des propulseurs d'appoint. Une pièce d'une simplicité dérisoire, mais dont le caoutchouc qui la compose – on le découvre trop tard – n'était pas capable de supporter des températures négatives. Il aura fallu que le décollage ait lieu au lendemain d'un des rarissimes épisodes de gel à Cap Canaveral… Abîmé par le gel nocturne, le joint avait perdu l'élasticité naturelle qui lui permettait d'assurer l'étanchéité. Un peu de gaz brûlant s'est alors échappé, et, en s'enflammant, il a provoqué l'arrachement partiel du propulseur d'appoint et le désaxement brutal de tout l'engin. À plus de 1 000 kilomètres par heure, cela ne pardonne pas : sous l'effet des énormes forces aérodynamiques qui s'exercent, le réservoir externe et la navette se désintègrent dans ce qui ressemble à une énorme explosion.

La catastrophe n'est pas restée sans conséquence, car, en plein tapage médiatique visant à promouvoir la politique spatiale, l'accident est une publicité catastrophique. Il met un coup d'arrêt définitif au projet d'envoyer plus de civils dans l'espace, et instaure une certaine défiance des Américains vis-à-vis de la NASA. Surtout, l'accident provoque une interruption de presque 3 ans du programme de la navette spatiale... ce qui permet alors au lanceur européen *Ariane* de s'emparer du rôle de leader mondial dans le lancement de satellites !

Le nuage de Tchernobyl : histoire vraie d'un faux mensonge
(1986 – avril)

Le nuage s'est arrêté à la frontière ! La petite phrase est devenue tellement « culte » qu'on l'emploie désormais dès lors qu'on veut parler de mensonges d'État ou d'une couleuvre un peu trop grosse à avaler… En la prononçant, on fait bien sûr référence à l'accident nucléaire de Tchernobyl, survenu le 26 avril 1986 et source d'un « nuage » radioactif ayant survolé toute l'Europe. Selon la tradition ancrée dans toutes les mémoires, le gouvernement français aurait alors menti à sa population en affirmant que le nuage toxique n'aurait pas touché la France, en somme qu'il se serait sagement arrêté à la frontière !

Et pourtant… jamais un représentant de l'État n'a prétendu une telle chose, et jamais cette petite phrase – une boutade prononcée par un journaliste – n'a été employée sérieusement. Mieux encore : lorsqu'il survole brièvement la France au début du mois de mai, ce « nuage » qui n'en est d'ailleurs pas un n'avait rien de toxique. Ce qui est vrai, en revanche, c'est que la communication du gouvernement français a été désastreuse, et que les médias de l'époque se sont empressés de surfer sur l'angoisse irrationnelle qui s'emparait alors des populations européennes.

Mais, pour comprendre l'origine de cette double mystification, il faut remonter au matin du 28 avril 1986. Les employés d'une centrale nucléaire suédoise découvrent alors dans l'atmosphère de leur pays un niveau de radioactivité supérieur à la normale – toutefois sans danger pour la santé publique. Les analyses montrent que cette radioactivité inhabituelle provient de minuscules particules de graphite, ce qui permet aux experts suédois de soupçonner un accident nucléaire dans une centrale soviétique, où ce matériau est utilisé en abondance. Après avoir nié dans un premier temps, Moscou admet finalement qu'un « incident » s'est produit dans la centrale de Tchernobyl 2 jours plus tôt…

Il s'agit d'un euphémisme, car c'est un véritable désastre qui se joue alors dans la centrale : en raison d'un contrôle mal réalisé et de l'irrespect de nombreuses procédures de sécurité, un réacteur nucléaire a explosé, provoquant un feu quasiment inextinguible. Depuis 48 heures, les Soviétiques s'efforcent d'étouffer le réacteur en fusion sous des milliers de tonnes d'un mélange de sable, d'argile et de plomb, qui doit permettre de stopper la réaction, mais l'opération demande plusieurs jours. Entre-temps, le feu a recraché dans l'atmosphère de grandes quantités de particules radioactives. L'essentiel de ces substances, produites durant plusieurs jours, est retombé dans les environs de Tchernobyl et dans une région située à environ 200 kilomètres au nord-est du site, en Ukraine et en Biélorussie. Les deux régions sont fortement contaminées au césium 137 et à l'iode 131, et, les populations locales seront victimes d'une augmentation exponentielle du nombre de cancers de la thyroïde chez les enfants – désastre qui aurait sans doute pu être évité en administrant à la population des doses d'iode stable en prévention.

Au-delà de ces deux régions, en revanche, la dispersion atmosphérique fait chuter la concentration en particules radioactives à mesure que l'on s'éloigne de la centrale. On peut alors mesurer une augmentation de la radioactivité de l'air, mais dans des proportions plus faibles. Sous l'effet des vents et de la circulation atmosphérique, ce « nuage » impalpable et invisible se propage aux pays voisins, tout en continuant à se dissiper. Il progresse bientôt vers l'Europe de l'Ouest. Dès le 29 avril, le professeur Pierre Pellerin, directeur du Service central de protection contre les rayonnements ionisants (SCPRI), prend la parole à la télévision et donne des explications rassurantes : même dans les pays déjà touchés par le nuage, mais assez éloignés de Tchernobyl, il n'y a aucun danger pour la santé publique.

Pourtant, la psychose s'installe en Europe. Elle est alimentée par la communication pour le moins évasive de Moscou, qui à force de garder le silence laisse imaginer les pires catastrophes… En France, la question sur toutes les lèvres est de savoir si le « nuage » radioactif va toucher le pays ou non. Comme tout dépend des vents et de la circulation atmosphérique, on se tourne alors vers les spécialistes de la météo ! Or, le 30 avril, la speakerine Brigitte Simonetta affirme sur Antenne 2 que l'anticyclone des Açores devrait rester assez puissant pour empêcher un flux d'est. Mais la météo est capricieuse, et, dès le lendemain, une petite faiblesse de notre ami açoréen permet au « nuage » de se répandre brièvement sur l'est de la France. Le jour même, le SCPRI signale une légère augmentation de la radioactivité atmosphérique, sans aucune incidence pour la santé publique. Dans la région la plus touchée, la valeur maximale de radioactivité atmosphérique n'atteint que 25 bécquerels par mètre cube d'air, alors que la radioactivité naturelle de l'air varie de 5 à 15 bécquerels par mètre cube. De telles quantités ne présentent aucun danger : le corps humain lui-même dégage une radioactivité beaucoup plus importante (120 bécquerels par kilogramme), tandis qu'à l'intérieur de l'immense majorité des habitations la radioactivité est supérieure à 40 bécquerels par mètre cube (elle est même supérieure à 200 dans un cinquième d'entre elles !).

Mais la communication des autorités est désastreuse : en plein week-end prolongé du 1er Mai, et alors que Jacques Chirac et François Mitterrand – respectivement Premier ministre et président – se trouvent à Tokyo, les rares ministres encore présents sont livrés à eux-mêmes. Au contraire, la presse s'enflamme. Il faut dire qu'au même moment, en Allemagne, on prend des mesures de précaution très fortes : des pastilles d'iode sont distribuées à la population. Un journaliste ironise alors à la télévision : « Tout se passe comme si le nuage s'était arrêté à la frontière. » Sans le savoir, il allait donner naissance au mythe selon lequel les autorités françaises auraient menti sur la gravité de la situation, alors que ce n'est pas le cas. Le « nuage » n'a effectivement touché le territoire que très brièvement, et les taux de radioactivité n'ont jamais dépassé ni même approché un quelconque seuil d'alerte.

Contre toute logique, pourtant, la presse crie au mensonge et au scandale sanitaire. Des militants écologistes opposants au nucléaire sautent sur l'occasion pour créer la CRIIRAD, la Commission de recherche et d'information indépendante sur la radioactivité, laquelle tentera de traîner en justice le professeur

Pellerin pour « tromperie aggravée ». Il sera blanchi de ces accusations imaginaires. En outre, en dépit de tous les efforts des opposants à la filière nucléaire pour prouver le contraire, toutes les statistiques s'obstinent à montrer qu'aucune pathologie n'a augmenté à partir de 1986, ni en France ni ailleurs en Europe occidentale. Malgré tout, le double mythe d'un nuage toxique et d'un mensonge d'État a perduré. Preuve que la tromperie n'est pas toujours où on pense la trouver…

Katrina révèle les maux de La Nouvelle-Orléans (2005)

Les images de l'ouragan Katrina sont vieilles de presque 20 ans, et pourtant, elles sont encore dans toutes les mémoires : La Nouvelle-Orléans dévastée et inondée, une mer d'eau saumâtre qui refuse de s'évacuer, des scènes de pillage, l'armée déployée dans la ville… Durant plusieurs jours, et faute d'organisation de la part des autorités, la plus grande puissance de la planète prend des allures de pays du tiers-monde au lendemain d'une catastrophe, tout en révélant les profondes inégalités sociales qui minent encore les États du sud des États-Unis.

À l'origine de tout cela ? Une simple tempête tropicale, comme les Antilles en connaissent si souvent en été, qui progresse vers le nord-ouest et touche le sud de la Floride le 25 août. Mais, alors qu'on espérait qu'elle s'atténuerait, la tempête se renforce tout en poursuivant sa course vers l'ouest, dans le golfe du Mexique. Déjà classée en ouragan de catégorie 1,

Katrina atteint, en trois jours seulement, la catégorie 5, la plus élevée de l'échelle de Saffir-Simpson : un monstre météorologique où les vents soufflent à plus de 250 kilomètres par heure ! Pis encore, le cyclone engendre une onde de tempête de plus de 5 mètres, c'est-à-dire qu'il élève la surface de la mer à un niveau qui lui permettra de dépasser la plupart des digues côtières… Et, alors qu'il a atteint le sommet de sa puissance, l'ouragan bifurque vers le nord-ouest : il se dirige droit sur La Nouvelle-Orléans, la grande ville d'origine française située à l'embouchure du Mississippi. La Louisiane et les États voisins sont en état d'alerte. Une grande partie des habitants de La Nouvelle-Orléans évacuent la ville, tandis que d'autres se réfugient à l'intérieur du Superdome, le célèbre stade de football américain.

Le soir du dimanche 28 août, les vents soufflent en mer à 284 kilomètres par heure, ce qui fait de Katrina l'ouragan le plus fort jamais observé dans le golfe du Mexique à cette date. Heureusement, le monstre perd légèrement en intensité durant la nuit, avant de toucher la côte au matin du 29 août 2005. Alors, et pendant plusieurs heures, des vents soufflant en continu à près de 200 kilomètres par heure balaient la ville, tandis que l'onde de tempête ravage les digues qui bordent la mer. Or, La Nouvelle-Orléans est enclavée dans une cuvette, et son altitude moyenne est de quelques mètres inférieure au niveau de la mer, ainsi qu'aux eaux du lac Pontchartrain qui la borde au nord. Certains quartiers sont déjà inondés, et près de un million de foyers sont sans électricité. Le lendemain, le vent ne souffle plus en tempête, mais, par suite d'une rupture de digue, les eaux du lac Pontchartrain se déversent dans la cuvette de la ville… Dans certains quartiers, le niveau de l'eau atteint 5 à 6 mètres au-dessus du sol de la rue. Certaines maisons peu élevées disparaissent presque complètement sous l'eau. Les habitants qui n'ont pas pu évacuer se réfugient sur les toits. Plus de 90 % des habitations sont inondées, ainsi que l'hôpital Jefferson Parish. Au Charity Hospital, la situation n'est pas plus brillante : le générateur de secours est sur le point de lâcher et les infirmières actionnent les respirateurs manuellement… Pis encore : l'eau charrie maintenant des déchets et des polluants industriels, ainsi que de nombreux germes pathogènes. La ville a désormais les pieds dans une véritable « soupe toxique », dans laquelle s'invitent d'ailleurs les alligators !

Durant plusieurs jours, c'est une atmosphère de fin du monde : les habitants restés sur place errent dans les rues, livrés à eux-mêmes, cherchant de la nourriture… Certains magasins sont pillés. Le gouvernement fédéral réagit enfin, mais avec peut-être plus de zèle pour rétablir l'ordre que pour porter secours : des milliers de policiers et militaires sont déployés dans la ville. Hélas, le manque de coordination est général, et la confusion totale. On tient les autorités pour responsables de ces scènes de chaos : depuis le maire de la ville Ray Nagin jusqu'au président George W. Bush Jr., chacun aura brillé par son incompétence.

Pendant quelques jours, La Nouvelle-Orléans a ressemblé à un pays en guerre. Seule éclaircie : le bilan semble moins important qu'on ne l'avait craint initialement. Alors que le chiffre de 10 000 morts avait été évoqué, on ne retrouve finalement « que » 1 577 corps en Louisiane, et environ 250 dans les États voisins. En revanche, les dégâts matériels sont d'une ampleur jamais vue : on les estime à 108 milliards de dollars, soit plus que le budget annuel d'un pays comme le Brésil ! Enfin et surtout, l'ouragan a révélé les inégalités sociales criantes de La Nouvelle-Orléans, que les médias ne manquent pas de dénoncer. La pauvreté d'une grande partie de la population apparaît au grand jour, d'autant plus cruellement que les habitants restés sur place sont ceux qui n'ont pas eu les moyens de fuir. Étonnamment, il n'y a pas d'inégalité ethnique parmi les victimes : au moment du décompte des morts, on retrouve 53 % de Noirs et 39 % de Blancs, contre 60 % et 33 % respectivement dans la population de base.

En revanche, l'attitude de la police de La Nouvelle-Orléans est mise en cause : non seulement un tiers des effectifs ont abandonné leur poste durant la catastrophe, mais certains des policiers restants se sont distingués par des actes de violence et de racisme. Le pire d'entre eux se déroule le 4 septembre au pied du pont de Danziger, lorsque plusieurs policiers tirent – sans raison apparente, sinon par pure haine gratuite – au fusil d'assaut sur une famille noire désarmée. L'affaire devient le symbole du racisme et de la brutalité de la police néo-orléanaise et de son incurie face à l'ouragan Katrina. L'administration Bush est critiquée également pour son manque de réactivité, et certains vont jusqu'à affirmer que, si la catastrophe avait concerné une population majoritairement blanche, les choses auraient été différentes… Enfin, même après la reconstruction qui a pris des années, Katrina a laissé des séquelles durables sur La Nouvelle-Orléans, qui a subi une chute démographique majeure : près d'un quart de la population n'est jamais revenue. En revanche, la pauvreté et la violence sont restées : La Nouvelle-Orléans compte aujourd'hui parmi les villes américaines les plus touchées par la criminalité.

J'ajoute que cette ville, parce qu'elle est située au niveau de la mer et même parfois en dessous, reste vulnérable. Malgré les digues et les précautions prises, d'autres catastrophes sont à prévoir dans les décennies à venir.

La ville de Phoenix va-t-elle mourir de chaleur ?

Durant une bonne partie de l'année, la ville de Phoenix, en Arizona, est un véritable paradis : des températures clémentes même en plein hiver, et un peu plus de 3 900 heures d'ensoleillement par an, soit beaucoup plus qu'à Séville, Casablanca ou même Miami ! De quoi profiter des nombreux parcours de golf dispersés dans la ville – on en dénombre près de 200, soit plus que dans toute autre agglomération des États-Unis.

Depuis des décennies, cette Terre promise fait le bonheur d'innombrables retraités américains en provenance de régions moins ensoleillées. Mais, chaque année, dès le mois d'avril, bon nombre d'entre eux font leurs valises et regagnent leur résidence principale, car à Phoenix débute alors la période la plus éprouvante de l'année : l'été. Un été de 5 mois, durant lequel la ville se transforme en véritable four à ciel ouvert. Quelques chiffres pour vous convaincre ? Durant les mois de juin, juillet et août, la moyenne des valeurs maximales flirte avec les 41 °C à l'ombre, tandis qu'en juillet la température moyenne atteint 35 °C... minimales comprises ! C'est davantage qu'à Djedda en Arabie saoudite, ou même qu'à Tombouctou en plein Sahara. Pis encore : la tendance est largement à la hausse ces dernières années, car les épisodes caniculaires deviennent de plus en plus fréquents et longs. En 2024, par exemple, on a dénombré à Phoenix quelque 129 jours à plus de 40 °C, soit 4 mois complets, tandis qu'en plein été il n'est désormais plus rare que les températures dépassent les 46 °C plusieurs jours de suite. Dès lors, les risques sanitaires pour la population sont réels, et les conditions de vie difficilement supportables : sans climatiseur, il serait impossible, voire dangereux, de rester à l'intérieur d'une maison. Mais au fait, pourquoi fait-il si chaud à Phoenix ?

La ville a été construite au beau milieu d'un désert. Plus précisément, elle se trouve dans le nord-est du désert de Sonora, au cœur de la Sun Valley, ainsi nommée pour célébrer son taux d'ensoleillement exceptionnel. Dans un tel environnement, on ne s'étonnera donc pas d'atteindre des températures extrêmes dans la journée. D'ailleurs, en dépit du réchauffement climatique, le record de 50 °C à l'ombre établi en 1990 n'a pas encore été dépassé à ce jour. Le problème ne vient toutefois pas tant des valeurs records que de la longueur et de la répétition des vagues de chaleur, qui empirent sans cesse. Un symptôme inquiète : les températures nocturnes, qui lors de ces vagues de chaleur ne descendent pas, ou trop peu. Au beau milieu de la nuit, il fait souvent plus de 35 °C à Phoenix, et, même au plus frais du petit matin, la température peut rester supérieure à 30 °C.

Sous cet aspect, l'évolution est dramatique : la proportion de nuits d'été anormalement chaudes est passée de 5 % dans les années 1960 à presque 50 % en 2020. La situation est telle que même les célèbres cactus géants de la région – les saguaros – sont en surchauffe ! De fait, alors qu'ils n'ont aucun problème à supporter des chaleurs extrêmes dans le cours de la journée, les cactus de Phoenix souffrent terriblement de la chaleur nocturne. Dans le milieu naturel du désert, en effet, si les journées sont brûlantes, la chaleur diminue rapidement dès le crépuscule, si bien que les nuits, sans être froides, sont tout à fait respirables. Or, comme de nombreuses plantes, les cactus géants de Phoenix « respirent » grâce à des stomates, de minuscules orifices présents dans leur épiderme et permettant les échanges gazeux avec l'air ambiant. Si les cactus saguaros résistent si bien aux chaleurs extrêmes, c'est parce que ces stomates se ferment lorsque la température dépasse 32 °C, et ne se rouvrent que lorsque l'atmosphère redevient respirable... En temps normal, les cactus se ferment donc dans la journée et respirent durant la nuit, mais, comme la température à Phoenix reste parfois supérieure à 32 °C toute la nuit, les stomates ne s'ouvrent plus du tout, de sorte que les cactus s'asphyxient littéralement et meurent à petit feu.

Les saguaros sont ainsi devenus le symbole de la situation dramatique de la ville : si même des plantes adaptées à un environnement extrême ne parviennent plus à survivre, comment les habitants pourraient-ils supporter de telles conditions ? Si les choses ont tant empiré à Phoenix au cours des dernières décennies, c'est en raison du réchauffement climatique, mais pas seulement. En fait, Phoenix est victime de sa propre histoire, marquée par une philosophie urbaine particulière, et qui s'avère inadaptée au milieu.

L'histoire ancienne de la région aurait pourtant dû servir d'avertissement... On sait en effet que, dès le IIIe siècle avant J.-C., la Sun Valley était occupée par des Amérindiens, les Hohokams, qui étaient parvenus à développer une civilisation agricole florissante grâce à la maîtrise de l'irrigation : leurs champs étaient alimentés par un réseau de canaux depuis la Salt River, qui traverse le désert un peu à la manière du Nil en Égypte. Cependant, les Hohokams ont fini par disparaître au XVe siècle, peut-être à cause d'épisodes de sécheresse intense. Durant plusieurs siècles, la région de Phoenix, en plein désert, demeure alors presque complètement inoccupée. En 1867, un pionnier visionnaire, Jack Swilling, perçoit le potentiel du site. À l'instar des Hohokams avant lui, il fait à son tour creuser un canal depuis la Salt River afin d'irriguer les cultures. Une première colonie d'agriculteurs s'installe alors sur le site de la future ville, tandis que, pour baptiser la nouvelle cité, l'un de ses cofondateurs, Phillip Darrell Duppa, propose le nom de Phoenix, celui de cet animal mythique capable de renaître de ses cendres. Après tout, après en avoir été chassée par le soleil brûlant, la vie ne venait-elle pas de renaître au milieu du désert ? Dès lors, l'histoire de Phoenix est celle d'innombrables petites villes nouvelles de l'Ouest américain, devenues peu à peu de grandes cités. Dans les années 1880, l'arrivée du chemin de fer marque le début d'un essor économique et démographique, tandis qu'en 1911 la construction d'un grand barrage sur la Salt River permet d'irriguer plus de terres.

Désormais capitale de l'État d'Arizona, la ville poursuit sa croissance et compte déjà 65 000 habitants en 1940. Mais, après la Seconde Guerre mondiale, la démographie explose littéralement : la population de Phoenix est multipliée par six, pour atteindre près d'un demi-million d'habitants dès 1960 ! Or, cette croissance exponentielle s'est faite selon des modalités particulières : le site étant plat et désertique, sans contrainte particulière, on s'est simplement étendu sans cesse au détriment du désert, plutôt que de densifier l'habitat. C'est d'ailleurs l'une des caractéristiques les plus frappantes de Phoenix : toute la ville se compose presque uniquement de maisons pavillonnaires, et non d'immeubles, qui sont inexistants en dehors du quartier d'affaires. Ainsi l'agglomération s'est-elle étendue, au point d'atteindre désormais près de 100 kilomètres dans sa plus grande diagonale. Or, comme les distances sont très longues, tout a été fait pour faciliter les déplacements en voiture : les rues sont très larges et des autoroutes à huit ou dix voies traversent la ville, de sorte que le bitume recouvre 40 % de la superficie de Phoenix, soit deux fois plus que dans d'autres grandes villes américaines. Au contraire, le taux de couverture végétale est de seulement 5 %, contre 22 % à New York par exemple.

Le problème, vous l'aurez compris, est qu'un sol bétonné ou couvert de bitume capte davantage la chaleur et se refroidit beaucoup moins vite que le sol naturel du désert : la nuit, les murs et les routes restituent toute la chaleur du jour, tandis que les climatiseurs des maisons fonctionnent encore à plein régime. La température est donc encore très élevée au petit matin, ce qui accentue les effets de la chaleur de la journée suivante… On assiste alors à l'apparition d'un véritable microclimat urbain, qui s'entretient dans un cercle vicieux, aggravant les effets des vagues de chaleur.

Confrontée à ce fléau, Phoenix va-t-elle finir par mourir de chaud ? Sera-t-elle emportée une nouvelle fois par le désert, comme la civilisation des Hohokams ? Les habitants sont bien décidés à agir pour inverser la tendance, et la municipalité semble avoir enfin compris que la politique urbaine menée durant des décennies n'était pas la bonne. Pour endiguer le fléau des vagues de chaleur, Phoenix mise désormais sur des constructions et des matériaux mieux adaptés, et sur une couverture végétale beaucoup plus présente : on prévoit de la multiplier par cinq en quelques années. Ces efforts seront-ils suffisants pour que la ville reste vivable durant les mois d'été ? L'avenir le dira.

DEUXIÈME PARTIE

Quand la météo libère la créativité

En Antarctique, des millions d'années d'archives climatiques

Oubliez les disques durs, les archives ou même les livres d'histoire... La plus grande banque de données sur le climat est naturelle et se trouve en Antarctique, dans l'immense glacier qui recouvre le continent. Plus de 2 kilomètres d'épaisseur de glace, qui ont gardé la mémoire du climat depuis des millions d'années. Comment est-ce possible ? Tout a commencé, si l'on peut dire, avec un verre de whisky. En 1965, en effet, le scientifique français Claude Lorius – alors en mission en Antarctique – dégustait tranquillement son whisky, rafraîchi par quelques glaçons extraits de la calotte glaciaire, lorsqu'il a remarqué qu'en fondant la glace libérait de minuscules bulles d'air. Des bulles présentes dans la glace depuis le moment où elle s'était formée, il y a des centaines ou des milliers d'années... Claude Lorius a alors pensé qu'en analysant cet air prisonnier de la glace on pourrait en tirer des informations sur le climat de l'époque.

Comment cet air a-t-il pu pénétrer dans la glace ? Le plus naturellement du monde, car la glace qui forme le glacier antarctique n'est rien d'autre que l'accumulation de la neige qui y tombe depuis des millions d'années. Or, chaque année, lorsque la neige se dépose en surface, un peu d'air se loge dans les intervalles entre les flocons. Petit à petit, à mesure que la neige s'accumule, la pression augmente et la neige se fait de plus en plus compacte et plus dense, jusqu'à devenir de la glace. Une petite partie de l'air interstitiel se trouve alors piégée dans la glace, sous forme de bulles. Des poussières, des pollens et différentes particules sont aussi conservées à l'intérieur. Il suffit de forer la calotte glaciaire et d'en prélever une « carotte » pour avoir accès à de la glace vieille de milliers d'années, voire plus encore, et aux informations qu'elle contient.

Bien sûr, trouver des glaces si anciennes n'a rien d'évident, car, pour remonter dans le temps, il faut descendre toujours plus en profondeur dans la calotte glaciaire. Or, si la technique du carottage est relativement facile à mettre en œuvre dans des glaciers assez minces au sommet d'une montagne, sur quelques dizaines de mètres de profondeur, cela devient complexe lorsqu'il faut pénétrer la glace à plusieurs kilomètres de profondeur !

Durant longtemps, le record de profondeur avait été détenu par une carotte de glace extraite par le programme européen Epica (European Project for Ice Coring in Antarctica) : en parvenant à pénétrer la glace à plus de 3 100 mètres de profondeur, il avait permis de remonter jusqu'à 800 000 ans avant le présent ! Mais, en ce moment même, un nouveau programme devrait permettre de forer encore plus profond et de remonter – on l'espère ! – jusqu'à 1,5 million d'années. Enfin, le record absolu de la glace la plus ancienne jamais étudiée est de 2,7 millions d'années, mais elle avait été prélevée dans une zone où la vieille glace se trouvait près de la surface, hors chronologie, donc, en raison des mouvements du glacier.

Au fait, comment fait-on pour dater la glace ? Il existe plusieurs méthodes, dont celle consistant à mesurer la concentration en potassium 40 – un isotope dont la période radioactive est extrêmement longue et dont la désintégration produit de l'argon 40. Mais le plus simple est encore de disposer d'une carotte à la chronologie continue depuis le présent : en effet, plus on s'enfonce dans la glace, plus on remonte loin dans le passé – et de plus en plus rapidement, car, sous l'effet du poids gigantesque qui s'exerce sur elle, la glace a tendance à se tasser. Les années qui s'écoulent s'observent facilement dans les carottes, grâce aux stries claires et foncées qui concordent avec les hivers et les étés : les couches correspondant à chaque hiver sont plus denses et apparaissent donc un peu plus sombres au sein de la carotte. Il est aussi possible d'observer dans la glace la trace d'événements remarquables, comme le dépôt d'une couche de cendre liée à une mégaéruption volcanique. Pour établir une chronologie précise, il suffit alors de compter les années successives, depuis le début ou depuis un événement marquant bien visible et bien daté. Mais savoir dater la glace n'est pas forcément un objectif en soi : c'est connaître le climat de chaque époque qui intéresse les scientifiques. Et c'est là que les bulles d'air – vieilles de centaines de milliers d'années – interviennent, car elles permettent de mesurer les différents éléments qui composaient alors l'atmosphère.

À ce titre, l'une des techniques les plus efficaces consiste à mesurer la proportion d'oxygène 16 et d'oxygène 18 observés dans l'air captif. Ces deux isotopes ont toujours été présents dans l'atmosphère – l'oxygène 16 étant actuellement ultra-majoritaire à 99,76 % – mais leur proportion n'est pas exactement la même durant les périodes de glaciation et durant les périodes interglaciaires : comptant 2 neutrons supplémentaires, l'oxygène 18 est plus lourd que son collègue, de sorte qu'il faut plus d'énergie – donc plus de chaleur – pour qu'il s'évapore de l'eau des océans et se répande dans l'atmosphère, avant de se retrouver piégé par les neiges de l'Antarctique. En clair, cela signifie que, plus l'air retrouvé dans la glace est riche en oxygène 18, plus le climat était chaud. Cela permet d'identifier facilement – entre guillemets, car le processus scientifique est long et rigoureux ! – les périodes de réchauffement et les périodes de glaciation. Il est aussi possible d'analyser la concentration en dioxyde de carbone, car on sait que, lors d'une période glaciaire, le taux de CO_2 est faible dans l'atmosphère (mais très élevé dans les océans) ; ou encore la concentration en méthane, qui est plus élevée lors des périodes chaudes.

Les glaces de l'Antarctique peuvent donc être considérées comme de véritables archives climatiques, à travers lesquelles il est possible de lire l'évolution du climat terrestre sur de très longues périodes. Ces analyses montrent que les périodes de glaciation et de réchauffement ont sans cesse alterné sur Terre depuis plusieurs millions d'années. Mais alors qu'auparavant un cycle complet d'alternance entre période glaciaire et période interglaciaire durait 40 000 ans, il y a environ un million d'années, la durée d'un cycle complet est passée brusquement à un peu plus de 100 000 ans, sans qu'on sache exactement pourquoi. En outre, les archives de glace permettent d'observer que les périodes glaciaires durent désormais beaucoup plus longtemps – 90 000 ans en moyenne – que les périodes interglaciaires, limitées à 15 000 ans. On observe également que les glaciations sont plus intenses que par le passé, tandis que les réchauffements sont moins prononcés.

Complexes, les raisons de ces changements ne sont pas entièrement élucidées et font encore l'objet de débats. Ce qui est sûr, c'est que les glaces de l'Antarctique sont encore loin d'avoir livré tous leurs secrets aux glaciologues et aux paléoclimatologues. Très récemment, des sondages radio-échographiques ont montré que sous le gigantesque glacier de l'Antarctique subsisteraient même des vestiges d'un paysage antérieur à la glaciation du continent, survenue il y a… 14 millions d'années !

Le « petit âge glaciaire », ou pourquoi Bruegel peignait des patineurs (1300-1850)

Ce sont peut-être les plus célèbres paysages d'hiver de l'histoire de la peinture : nous connaissons tous ces tableaux de Pieter Bruegel l'Ancien, peints dans les années 1560, où la campagne et les villages du Brabant apparaissent saisis par le froid, couverts d'un blanc manteau de neige, tandis que sur les rivières et les étangs gelés s'amusent des patineurs sur glace. S'il en a fait de véritables chefs-d'œuvre, Bruegel est loin d'être le seul à avoir immortalisé ces scènes d'hiver joyeuses : tous les peintres flamands s'y sont essayés, essentiellement entre le milieu du XVIe et le milieu du XVIIe siècle. Pourtant, si vous passez l'hiver dans le Brabant aujourd'hui, il vous faudra de la chance pour profiter de quelques jours de neige, et il est inutile d'espérer patiner sur une rivière gelée : à un degré près, il fait en moyenne les mêmes températures qu'à Paris.

Si Bruegel et ses confrères ont pu immortaliser ces hivers neigeux, c'est parce que l'Europe traversait alors une période climatique bien particulière : le « petit âge glaciaire ». S'étendant entre 1300 et 1850, ce refroidissement atteint son point d'orgue aux XVIe et XVIIe siècles. La période est caractérisée par une très légère baisse des températures à l'échelle mondiale, mais beaucoup plus sensible en Europe, où le changement de temps a eu de lourdes répercussions sur les conditions de vie des populations, pour lesquelles l'époque est plus difficile à vivre que le Moyen Âge.

Rappelez-vous : nous sortions d'un XIIIe siècle presque idyllique, marqué par un climat d'une douceur inhabituelle, qui favorisait les bonnes récoltes et soutenait la croissance économique. Mais, dès le début du XIVe siècle, patatras ! tout s'effondre, et l'Europe tombe à pieds joints dans un refroidissement climatique marqué. Le changement est sensible dès l'hiver 1303, qui s'avère beaucoup plus rude que tous ceux du XIIIe siècle. Plus grave encore, les étés pourris s'accumulent, et nuisent aux récoltes. En 1315-1316, la pluie tombe quasiment en permanence durant un an et demi, transformant les champs en bourbiers où les chevaux perdent leurs quatre fers ! Ce désastre déclenche une famine à l'échelle du continent tout entier, ce qui n'était plus arrivé depuis l'an 1000 ; on dénombre plusieurs millions de morts. La période commençait mal, et cela allait continuer ! Les cernes des arbres montrent que leur croissance a été beaucoup plus lente durant tout le XIVe siècle, signe d'hivers rudes et longs. Preuve supplémentaire du refroidissement, les glaciers alpins, qui avaient nettement reculé au XIIIe siècle, regagnent du terrain : le glacier d'Aletsch progresse jusqu'à 40 mètres par an durant tout le XIVe siècle !

Le changement de temps se confirme au XVe siècle : les étés humides et frais succèdent aux hivers froids et neigeux. Après un bref sursaut, la tendance s'accentue encore à partir du milieu du XVIe siècle, comme le montre l'hiver très rigoureux de 1564-1565, durant lequel les rivières gèlent dans tout le nord de l'Europe, tandis que la neige tombe en abondance. C'est d'ailleurs cette année-là que Bruegel peint ses plus célèbres paysages hivernaux. Dans les Alpes, les glaciers ne cessent de progresser : près de Chamonix, la « mer de glace » avance à un rythme tel qu'elle détruit les villages de Bonanay et du Châtelard. Ici comme ailleurs, on organise des processions pour conjurer l'avance des glaciers.

Au XVIIe siècle, l'Europe se trouve dans la période de froid la plus intense du « petit âge glaciaire » : aux Pays-Bas, la moyenne des températures hivernales est inférieure de 4 °C à celle de la fin du XXe siècle ! À Paris, les hivers 1683-1684 et 1694-1695 sont exceptionnels :

la température moyenne est inférieure à zéro, avec de fréquentes pointes à – 10 ou – 20 °C. L'hiver 1709 reste dans les mémoires comme l'un des plus froids que l'Europe ait jamais connus, avec des conséquences spectaculaires : hormis autour de la Méditerranée, presque tous les fleuves d'Europe ont gelé. À Paris, le mercure descend à – 17 °C tous les jours durant près de 2 semaines. À Dieppe, il tombe des quantités de neige phénoménales : jusqu'à 3 mètres d'épaisseur dans les rues, si bien que les habitants ne peuvent sortir que par les fenêtres du premier étage ! À Bordeaux, les températures descendent jusqu'à – 23 °C – le record tient encore aujourd'hui – et l'on peut traverser la Garonne à cheval. Le Rhône gèle à Avignon, et même le Vieux-Port de Marseille est pris par les glaces ! De nouvelles gelées au printemps anéantissent les récoltes et provoquent la grande famine de 1709-1710, responsable de près de 600 000 morts en France. Réalimenté par l'éruption du volcan Tambora en 1815, qui projette tant de poussières dans l'atmosphère qu'il fait baisser les températures mondiales durant quelques années, le petit âge glaciaire finit par s'achever vers le milieu du XIXe siècle. Pourquoi ? On l'ignore, tout comme les raisons qui avaient provoqué le changement de temps à partir du début du XIVe siècle. Certains invoquent une diminution de l'activité solaire, qui aurait contribué au refroidissement global, mais cette baisse n'est pas très sensible en dehors du minimum de Maunder, dans la seconde moitié du XVIIe siècle.

Une hypothèse en vogue actuellement voudrait que le début du refroidissement ait été déclenché par quatre énormes éruptions volcaniques successives survenues dans la seconde moitié du XIIIe siècle, dont celle du Salamas en Indonésie en 1257 et celle du mont Melbourne en Antarctique en 1259. Les gigantesques quantités de poussières projetées dans l'atmosphère auraient alors provoqué une baisse globale des températures. Bien sûr, l'effet de ces éruptions est resté momentané, mais cette première chute pourrait avoir déclenché une modification des courants marins, ainsi qu'une augmentation du réfléchissement solaire par les glaciers, lesquelles auraient eu des effets plus durables. À vrai dire, le phénomène reste très mal connu. D'ailleurs, le petit âge glaciaire n'est pas linéaire : il est entrecoupé de plusieurs périodes de chaleur, notamment entre 1530 et 1560 – juste avant que Bruegel ne peigne ses patineurs – et entre 1710 et 1740, juste après le fameux hiver de 1709. Durant cette période, la température moyenne en Angleterre et aux Pays-Bas augmente de presque 2 °C, et la chaleur observée dans les années 1730 est comparable à celle de la fin du XXe siècle. À l'inverse, alors même que le réchauffement est déjà engagé depuis une trentaine d'années, l'hiver 1879 est soudainement glacial, avec le mois de décembre le plus froid jamais enregistré en France : presque – 7 °C de température moyenne à Paris et un record de – 37 °C à Saint-Dié !

Les caprices du climat, passé comme présent, ont encore bien des secrets pour nous… En outre, nous ne disposions évidemment pas encore d'instruments de mesure précis à l'époque. Ces évaluations et hypothèses sont donc à prendre avec précaution.

Christophe Colomb, un apprenti météorologue à la découverte de l'Amérique (1492)

Évidemment, je n'irai pas jusqu'à prétendre que les Européens n'auraient jamais découvert l'Amérique sans la météo, et pourtant !... Il est indéniable que celle-ci a joué un rôle majeur dans la découverte de Christophe Colomb. Car, si les alizés n'avaient pas porté la *Santa María* suffisamment vite pour traverser l'Atlantique en quelques semaines, il est probable que l'équipage de Colomb se serait mutiné, ou qu'il aurait manqué de vivres avant d'arriver. Mais il y a mieux encore : c'est qu'en bon marin Christophe Colomb a été capable de comprendre extrêmement vite non seulement le fonctionnement des vents de l'océan Atlantique, mais aussi la météo capricieuse du Nouveau Monde, et cela au point d'être capable, après quelques voyages seulement, de détecter les signes avant-coureurs de phénomènes météorologiques inconnus en Europe.

Bien sûr, on sait aujourd'hui que Christophe Colomb n'a pas été le tout premier Européen à fouler le continent américain : 500 ans plus tôt, des navigateurs vikings en provenance du Groenland s'étaient établis de façon éphémère sur le littoral du Canada. Mais leur présence n'avait pas bouleversé le cours de l'histoire humaine et biologique mondiale, l'Europe étant restée dans l'ignorance totale de ce nouveau continent. C'est d'ailleurs la raison pour laquelle, lorsqu'il part pour son premier voyage à travers l'Atlantique, Christophe Colomb n'espère pas trouver un « Nouveau Monde », mais simplement une route plus rapide vers les Indes orientales, c'est-à-dire l'Asie du Sud-Est, de façon à faciliter le commerce avec cette partie du monde.

En cette fin de XVe siècle, en effet, les échanges avec l'Asie orientale par voie de terre étaient particulièrement longs. Pour gagner du temps, les explorateurs s'étaient alors mis en tête de contourner l'Afrique, mais le détour était énorme et personne n'était encore parvenu à dépasser le cap de Bonne-Espérance. Génois d'origine et marin de profession, Christophe Colomb a lu de nombreux ouvrages de géographie et, comme tout le monde à l'époque, il est au fait de la rotondité de la Terre – contrairement à une idée reçue, celle-ci est connue depuis l'Antiquité. Le marin eut alors l'idée – excellente au demeurant – de « gagner le Levant par le Ponant », c'est-à-dire de rejoindre l'Orient en passant par l'Occident. Il s'est simplement trompé sur la distance qui séparait l'Europe de l'Asie et, surtout, il ignorait qu'un continent encore inconnu lui barrerait la route !

Christophe Colomb soumet alors son projet au roi de Portugal, mais il est envoyé sur les roses. Le marin génois est mieux reçu par le roi et la reine de Castille, mais il lui faudra tout de même plusieurs années pour les convaincre de financer son expédition. Finalement, le départ est fixé pour le 3 août 1492. Composée de trois navires, une nef et deux caravelles, la petite flotte de Colomb appareille depuis le port de Palos de la Frontera, près de Séville. Peut-être en partie pour éviter les escadres portugaises qui rôdent dans les Açores, elle ne met pas le cap directement sur l'ouest, mais rejoint d'abord les Canaries, au large des côtes africaines, où la petite flotte stationne presque un mois, ce qui donne le temps d'embarquer une grande quantité de vivres.

Le 6 septembre, enfin, Christophe Colomb et ses hommes s'élancent vers l'ouest… et vers l'inconnu. Le navigateur est-il conscient que le fait d'être passé par les Canaries est une aubaine ? En tout cas, ce détour lui a permis d'éviter la zone intermédiaire de l'océan, celle située entre les latitudes des Açores et des Canaries, où les vents sont irréguliers et souvent absents. Pourquoi ? Parce que, dans l'Atlantique nord, en raison de la force de Coriolis, les différents courants ont tendance à s'enrouler dans le sens des aiguilles d'une montre autour d'une sorte de grand vide où ils ne pénètrent jamais vraiment. Ce vide correspond à la mer des Sargasses. Une sorte de désert aquatique, dont le calme n'est troublé ni par le vent ni par les courants, et à la surface de laquelle flottent les algues qui lui ont donné son nom. Un cauchemar pour les navigateurs à voile, qui peuvent y rester bloqués des jours durant, faute de vent. Mais, en mettant le cap vers l'ouest à hauteur des 26ᵉ et 27ᵉ parallèles, Christophe Colomb profite au contraire des alizés qui soufflent du nord-est et balaient l'Atlantique sur toute sa largeur, au sud de la mer des Sargasses. Des conditions absolument idéales, et même presque trop bonnes : les marins s'inquiètent de ces vents trop réguliers, car ils craignent de ne pas être en mesure d'aller contre eux au retour. Grâce aux alizés, la flottille de Colomb parcourt plus de 4 000 kilomètres en 10 jours. Sans le savoir, elle ne se trouve déjà plus qu'à 1 500 kilomètres des Antilles ! Mais la chance ne dure pas : le 19 septembre, sans doute parce que l'escadre a dévié vers la mer des Sargasses, le vent faiblit, puis tombe complètement. Conscients qu'ils n'ont des vivres que pour quelques semaines, les équipages commencent à s'angoisser. Au bout de quelques jours, toutefois, le vent se lève de nouveau. Il faudra attendre encore plus de 2 semaines – et passer tout près d'une mutinerie – avant qu'on aperçoive enfin une terre à l'horizon…

Le 12 octobre 1492, c'est un moment historique : des Européens posent le pied en Amérique… ou plus précisément sur une île des Antilles, qu'on baptisera San Salvador. Conscient qu'il s'agit d'une île, Colomb pense alors être arrivé au Japon ! Il lui faudra un certain temps pour se rendre compte de son erreur. Mais l'essentiel est ailleurs : grâce aux alizés qui l'ont porté, le navigateur a réussi une traversée presque parfaite, dès son coup d'essai. C'est le début d'une longue série, car de nombreux marins se serviront désormais des alizés pour traverser l'Atlantique… à commencer par Colomb lui-même, pour ses futurs voyages. En effet, après avoir accosté dans plusieurs îles des Antilles, le 16 janvier 1493, Christophe Colomb et ses hommes s'apprêtent à retourner en Europe. Faisant preuve une nouvelle fois de beaucoup de sagacité, ils choisissent une route beaucoup plus au nord, à la hauteur de Lisbonne, ce qui leur permet d'éviter la mer des Sargasses et de profiter de bons vents de sud-ouest. Pour son premier voyage, Colomb a déjà percé à jour la météo de l'Atlantique !

Il mettra à profit son expérience pour ses voyages suivants. Lors du deuxième voyage, l'océan est traversé en seulement 21 jours ! Poursuivant son exploration des Antilles, Christophe Colomb doit alors affronter pour la première fois un cyclone tropical – le tout premier vécu par des Européens, qui ne connaissent que les tempêtes. Une fois encore, le navigateur saura tirer profit de son expérience, car, lors de son quatrième voyage, en 1502, il identifiera les signes avant-coureurs d'un cyclone assez tôt pour mettre sa flotte à l'abri, dans l'embouchure d'un fleuve voisin, lui épargnant ainsi une destruction certaine. Décidément, Colomb avait tout compris de la météo de l'Atlantique !

Le secret des Stradivarius : un coup de froid ?
(XVIIIe siècle)

Ses violons ont fait l'histoire de la musique, au point que leur nom seul est devenu synonyme d'excellence absolue. Près de 3 siècles après sa mort, Antonio Stradivari (1644-1737) est toujours le luthier le plus célèbre de l'Histoire, et le meilleur aux yeux de beaucoup. Exerçant son métier jusqu'à l'âge canonique de 93 ans, il a réalisé au cours de vie près de un millier de violons ! Mais d'entre tous, les plus admirés sont ceux réalisés par Stradivari entre 1708 et 1721, période qu'on considère comme l'âge d'or du luthier italien. Encore conservés, certains d'entre eux atteignent aujourd'hui des sommes vertigineuses aux enchères : jusqu'à 11 millions de dollars pour les plus célèbres. Mais pourquoi ces violons sont-ils si exceptionnels ?

D'abord et avant tout, grâce au talent de Stradivari lui-même, qui se trouve alors à l'apogée de sa carrière, mais peut-être aussi grâce à la météo ! Du moins est-ce là l'une des pistes d'une longue enquête… En effet, depuis que les violons Stradivarius ont été reconnus comme les meilleurs, tout le monde s'est efforcé de percer leurs secrets. Et le moins que l'on puisse dire est que les hypothèses sont allées bon train ! Parce qu'elle joue un rôle essentiel pour la résonance et la propagation des sons, c'est la forme même des violons qui a été soupçonnée en premier lieu. Mais les violons de Stradivari ont remporté un tel succès que leur forme a été copiée au millimètre près par tous les luthiers du monde depuis bien longtemps, sans pour autant que les violonistes en tirent la même satisfaction. Ce n'est donc pas là qu'il faut chercher. Peut-être du côté des essences de bois utilisées ? On sait en effet que Stradivari mettait un soin tout particulier à choisir ses bois. Si le manche et la tête de ses violons sont faits en érable, un bois qui présente de beaux motifs ondulés lorsqu'on le coupe, le dos, la table et les éclisses sont réalisés en épicéa. Plus précisément des épicéas du val de Fiemme, qui poussent à plus de 1 000 mètres d'altitude dans le massif des Dolomites.

Ce bois est très recherché par les luthiers pour tous les instruments à cordes, car il offre une très bonne résonance des sons, tout en restant très léger. Mais ce type de bois est toujours utilisé de nos jours par les luthiers, sans que les violons aient les mêmes qualités qu'un Stradivarius. Il faut donc poursuivre l'enquête… Des études de résonance magnétique et de spectroscopie ont montré que Stradivari, pour éviter qu'ils ne soient attaqués par des insectes xylophages, a traité ses bois à l'aide d'un pesticide particulier : le borax. Or, le borax a pour propriété de rompre les molécules d'hémicellulose qui composent le bois à l'échelle microscopique ; il aurait ainsi amélioré les propriétés acoustiques du bois des Stradivarius. Mais, une fois encore, bien d'autres luthiers ont utilisé du borax sans parvenir aux mêmes résultats…

Si ce n'est donc ni la forme, ni le bois, ni le borax, il reste un suspect idéal : le vernis, qui donne aux Stradivarius une si belle couleur rouge ambré. Et que n'a-t-on pas dit à ce sujet ! Certains ont prétendu que Stradivari ajoutait à son vernis de l'ambre fossile de propolis, cette gomme rougeâtre produite par les abeilles, ou bien de la poudre de coquilles de crustacés, ou encore des extraits de peau et d'os ! En réalité, les études les plus récentes ont montré que le génial luthier n'utilisait qu'un simple enduit à l'huile siccative, agrémenté de quelques pigments rouges. Alors, le mystère ne se trouverait-il pas ailleurs ? On en revient aux propriétés du bois lui-même, qui sont essentielles à la qualité d'un violon. Pour en être convaincu, il suffit d'imaginer le son – ou l'absence de son – produit par un violon en pierre ou en plastique ! Or, dans le bois, des variations apparemment insignifiantes peuvent tout changer, car la densité et l'élasticité de la matière influent sur la vitesse du son qui la traverse, sur sa résonance, sur sa pureté. De minuscules différences suffisent à sublimer un bois. Or, nous avons vu que les meilleurs violons produits par Stradivarius ont été réalisés durant une période précise, autour des années 1710. C'est là qu'il faut se tourner vers la météo… En effet, la période qui précède les années 1710 – donc celle durant laquelle ont poussé les arbres utilisés pour les meilleurs Stradivarius – correspond à l'apogée du refroidissement climatique qui caractérise l'époque moderne en Europe, qu'on a pu qualifier de « petit âge glaciaire ». La période comprise entre 1645 et 1715 est en effet celle du « minimum de Maunder », durant laquelle l'activité solaire a baissé de manière significative. S'ajoutant au refroidissement qu'on observait déjà en Europe depuis plusieurs siècles, le phénomène s'est traduit dans la région par une succession d'hivers exceptionnellement longs et rigoureux, dont le fameux hiver de 1709. Or, les dendrologues – des scientifiques qui étudient les cernes des bois – ont observé que ces hivers glaciaux ont altéré la croissance du bois : les arbres ont poussé plus lentement, leurs cernes sont plus serrés, de sorte que le bois est plus dense qu'à l'habitude. Comme les autres, les épicéas du val de Fiemme ont été affectés par cette croissance plus lente, de sorte que leur bois offre, à la fin de la période du minimum de Maunder, des propriétés acoustiques légèrement différentes. Or, c'est précisément durant les années qui suivent la fin du minimum de Maunder que Stradivari a fabriqué ses meilleurs violons. C'est donc bel et bien le froid exceptionnel des décennies précédentes qui pourrait expliquer la qualité des plus grands Stradivarius.

Naturellement, comme toutes les précédentes, l'hypothèse climatique n'explique pas tout, car les luthiers contemporains de Stradivari, utilisant comme lui des bois ayant grandi lors du minimum de Maunder, n'ont pas tous réalisé des violons de qualité équivalente. En fait, c'est bel et bien la conjonction du talent et du savoir-faire extraordinaires de Stradivari et de la qualité de ces bois qui a permis la genèse des plus grands violons de l'histoire. D'ailleurs, il faut savoir que la supériorité des Stradivarius n'est sensible que pour les violonistes eux-mêmes : des écoutes à l'aveugle ont montré que les spectateurs étaient incapables de faire la différence entre des violons modernes et des Stradivarius authentiques !

La guerre de Crimée : aux origines de Météo-France ! (1854)

Les météorologues doivent-ils l'existence de leur métier à une guerre ? On pourrait le croire, car, si la guerre de Crimée n'avait pas eu lieu, il est probable que le service météorologique de l'observatoire de Paris – l'ancêtre de Météo-France ! – n'aurait pas vu le jour, ou du moins pas si tôt... Au cours de ce conflit, en effet, la flotte et l'armée françaises sont dévastées par une terrible tempête sur les rives de la mer Noire. Ce désastre est alors déploré par l'astronome Urbain Le Verrier, qui affirme que l'arrivée de la tempête aurait pu être prévue, et fonde en réaction un tout premier service de météorologie. Pour une fois, ce n'est donc pas tant la météo qui fait l'Histoire, car cette tempête n'aura guère d'incidence sur le cours de la guerre, mais bien l'Histoire qui fait la météorologie ! Pour comprendre toute l'affaire, replongeons-nous dans le contexte de l'année 1854.

La France de Napoléon III s'engage alors dans un conflit lointain contre la Russie et – une fois n'est pas coutume ! – aux côtés de la Grande-Bretagne. La cause de la guerre est à chercher en Orient, où l'Empire ottoman affaibli se trouve sous la menace de l'ogre russe, qui s'était déjà emparé de territoires autour de la mer Noire. Parmi eux, la petite péninsule de Crimée, où se trouve la base navale de Sébastopol. La France comme la Grande-Bretagne craignent que la Russie ne poursuive son expansion, jusqu'à asservir la totalité de l'Empire ottoman, ce qui aurait fait d'elle une « superpuissance » avant la lettre. À cela s'ajoutent au même moment des tensions autour des lieux saints de Jérusalem, dont les chrétiens catholiques et orthodoxes se disputent le contrôle. Pour mieux saper l'autorité ottomane sur la région, la Russie venait d'exiger le droit de protéger militairement la communauté orthodoxe. Soutenu par la France et le Royaume-Uni, l'Empire ottoman refuse de céder, et la guerre éclate à l'automne 1853. Elle n'oppose dans un premier temps que la Russie et les Ottomans, mais ces derniers sont bientôt rejoints par leurs alliés français et britanniques.

Durant l'été 1854, deux flottes de guerre française et britannique, fortes de 60 000 soldats, pénètrent dans la mer Noire. Presque immédiatement, les deux alliés portent leurs efforts sur le port d'Eupatoria, voisin de Sébastopol. Le débarquement a lieu le 14 septembre, et, après avoir vaincu les Russes sur les rives de l'Alma, les troupes franco-britanniques entament le siège de Sébastopol, mais elles se heurtent à une résistance opiniâtre. À plusieurs reprises, les Russes tentent même de briser le blocus, en vain. Le siège s'éternise, mais les belligérants ont au moins la consolation de profiter d'une météo pour le moins clémente en ce début d'automne : les températures sont douces et le soleil radieux. Ces belles conditions sont dues au climat pontique – de Pont-Euxin, le nom antique de la mer Noire – dont les caractéristiques sont proches de celles du climat méditerranéen en été… mais se rapprochent du climat continental en hiver, avec des températures glaciales. Entre les deux, l'automne est généralement tempétueux et brumeux, ce qui n'allait pas tarder à se vérifier. À la fin du mois d'octobre, en effet, le temps change brutalement : le soleil laisse place au brouillard et à la pluie, les températures sont en chute libre et, déjà, les belligérants affrontent de premiers gros coups de vent, qui secouent les navires des flottes anglaise et française. La situation n'allait pas tarder à se dégrader encore.

Au matin du 14 novembre, les armées des deux bords sont surprises par un véritable déchaînement du ciel : une violente tempête – certains la décrivent même comme un ouragan – s'abat sur la mer Noire et son littoral. Dans les campements des deux armées, les tentes sont emportées, ou bien s'abattent sur les soldats encore endormis, tandis que les baraquements sommaires qui abritent les hôpitaux de campagne sont soufflés par le vent. Bientôt, la panique est totale : à terre, les soldats ne cherchent plus à s'abriter des tirs ennemis – les hostilités ont cessé par la force des choses – mais des terribles bourrasques qui charrient dans les airs toutes sortes de débris, et de la pluie diluvienne qui inonde les tranchées.

Sur les flots, le désastre est pire encore : les navires de guerre ont beau avoir jeté toutes leurs ancres à la mer, ils sont ballottés comme des fétus de paille. Partout, on démâte, on chavire, on s'échoue. Dans les rades, une extrême confusion règne ; les navires secoués dans tous les sens s'entrechoquent et se coulent les uns les autres. Même les plus grands bâtiments ne sont pas épargnés : le *Henri-IV*, vaisseau de ligne de 100 canons flambant neuf, fierté de la marine française, est tellement remué par les flots que les chaînes de ses ancres se rompent comme de simples filins ! Lorsque la dernière ancre cède, le commandant n'a d'autre choix que de s'échouer volontairement pour échapper au naufrage. Finalement, 38 navires de guerre disparaissent dans la tempête.

Lorsque les vents s'apaisent enfin, la mer est couverte de débris, et l'on dénombre plusieurs milliers de morts parmi les marins et soldats. La nouvelle du désastre plonge Paris dans la consternation. Un homme, toutefois, ne se laisse pas aller au découragement : l'astronome Urbain Le Verrier. Récemment nommé directeur de l'observatoire de Paris, il affirme que la catastrophe aurait pu être évitée si les armées avaient été prévenues. De fait, comme la tempête venait de l'ouest, elle avait déjà traversé toute l'Europe avant de frapper la mer Noire. Il aurait suffi de collecter les informations pour suivre sa course et avertir le commandement sur place de sa venue. Pour prouver que la chose était possible, Le Verrier adresse une circulaire à tous les scientifiques d'Europe, les priant de lui « transmettre les renseignements qu'ils auraient pu recueillir sur l'état de l'atmosphère pendant les journées des 12, 13, 14, 15 et 16 novembre 1854 ». En réponse, Le Verrier reçoit plus de 250 documents contenant des observations barométriques et météorologiques issues de toute l'Europe. La trajectoire de la tempête est parfaitement lisible. Si seulement ces informations avaient été collectées plus tôt… Dès lors, la nécessité de fonder un réseau de météorologie s'impose comme une évidence.

Le 16 février 1855, Napoléon III donne son accord à Le Verrier pour mettre sur pied le service météorologique de l'observatoire de Paris. Dès 1865, 11 ans après le désastre de la guerre de Crimée, l'organisme publie de premières cartes météorologiques quotidiennes dans le *Bulletin de l'Observatoire*. En 1878, le service de l'observatoire allait devenir le Bureau central de météorologie, auquel succéderont l'Office national météorologique en 1921, la Direction de la météorologie nationale en 1945… et enfin notre bonne vieille Météo-France en 1993 !

Le volcan Krakatoa, à l'origine du *Cri* de Munch ? (1883)

C'est le bruit le plus fort de toute l'histoire humaine : un bruit capable de percer les tympans de marins anglais pourtant situés à… 64 kilomètres de là ! Un bruit qui, s'il avait pu être mesuré directement, aurait été 4 000 milliards de fois supérieur à celui d'un marteau-piqueur en action, et 10 000 fois supérieur à celui de la bombe atomique d'Hiroshima ! Ce bruit, c'est celui de l'éruption du volcan Krakatoa, le 27 août 1883, près de Jakarta (à l'époque nommée Batavia) en Indonésie. L'explosion la plus puissante à laquelle l'humanité ait jamais été confrontée, provoquant un bruit si fort qu'il a été entendu jusqu'à 5 000 kilomètres de distance, au sud de l'Australie, où il n'est parvenu que quatre heures après l'événement. Tuant sur le coup toutes les personnes à proximité, l'onde de choc aérienne provoquée par l'explosion parcourt 7 fois le tour de la Terre en quelques jours. Sur le littoral des îles des environs, elle provoque un tsunami cauchemardesque, dont la vague atteint jusqu'à 46 mètres de hauteur. Nuées ardentes et pluie de cendres brûlantes furent aussi de la partie. Heureusement, le Krakatoa se trouvait sur une île isolée, à bonne distance des premières grandes villes, de sorte qu'il n'a causé « que » 36 000 morts, un bilan qui aurait pu être bien plus terrible. Enfin, au cours de son éruption, le Krakatoa a éjecté de gigantesques quantités de poussières de roche dans l'atmosphère : 20 kilomètres cubes de téphras – soit 20 fois plus que l'éruption mémorable du mont Saint Helens en 1980 – sont propulsés jusqu'à… 80 kilomètres d'altitude, c'est-à-dire quasiment là où commence l'espace ! Une quantité de poussières si importante que ces particules filtreront le rayonnement solaire, au point de faire descendre la température mondiale jusqu'à 1 °C au cours de l'année qui suit l'éruption. Mais, me direz-vous, quel lien entre cette fantastique et terrible éruption et l'un des plus célèbres tableaux du monde, *Le Cri* d'Edvard Munch ? Eh bien, c'est précisément cette quantité phénoménale de particules rejetées dans l'atmosphère. Je m'explique.

Tout le monde connaît *Le Cri*, ce tableau dont le peintre norvégien Edvard Munch a réalisé plusieurs versions entre 1892 et 1917 : sur un pont de bois, un personnage à l'air terrifié porte les mains à son visage, le tout devant un ciel rougeoyant, aux accents apocalyptiques. Ce chef-d'œuvre se veut une représentation symbolique de l'angoisse existentielle qui habite l'homme moderne. Mais, contrairement aux apparences, le paysage de l'arrière-plan n'a rien d'une invention sortie de l'imagination d'Edvard Munch : il est inspiré par une expérience bien réelle vécue par l'artiste, un soir de janvier 1892, alors qu'il se promenait à Oslo, sur un chemin dominant le fjord. Il s'en explique lui-même : « Je me promenais sur un sentier avec deux amis – le soleil se couchait – tout d'un coup le ciel devint rouge sang. Je m'arrêtai, fatigué, et m'appuyai sur une clôture – il y avait du sang et des langues de feu au-dessus du fjord bleu-noir de la ville – mes amis continuèrent, et j'y restai, tremblant d'anxiété – je sentais un cri infini qui passait à travers l'univers et qui déchirait la nature. » Le ciel apocalyptique du tableau serait donc bien un ciel réel, évidemment réinterprété par le génie de l'artiste.

Bien sûr, il n'y a rien d'exceptionnel à ce que le ciel se teinte de rose ou d'orange durant les couchers de soleil. C'est là un phénomène naturel, dû à l'incidence des rayons du soleil à ce moment de la journée : le soleil étant très bas, ses rayons traversent une couche d'atmosphère beaucoup plus épaisse pour parvenir à l'œil de l'observateur. Or, l'épaisseur atmosphérique diffracte les couleurs bleue et verte pour ne laisser passer que les couleurs rouge et jaune… d'où la coloration inhabituelle du ciel ou des nuages qui le parsèment. Mais, si les beaux couchers de soleil sont assez fréquents, il est rare que le ciel prenne une coloration « rouge sang avec des langues de feu » ! En fait, le phénomène atmosphérique dont Munch fut témoin pourrait avoir été accentué par l'éruption du Krakatoa.

L'immense explosion de 1883 a expulsé dans les airs une quantité phénoménale de dioxyde de soufre, lequel s'est répandu ensuite dans toute la stratosphère, à l'échelle mondiale. La concentration d'acide sulfurique a rendu plus nombreux les cirrus, des nuages de haute altitude longilignes, qui pourraient expliquer les « langues de feu » évoquées par Munch. En outre, le dioxyde de soufre augmente le pouvoir « filtrant » de l'atmosphère, renforçant ainsi les rouges au moment du coucher du soleil.

Les émanations du Krakatoa ont ainsi favorisé durant plusieurs années, et à l'échelle mondiale, les couchers de soleil flamboyants. Ceux-ci ont d'ailleurs été immortalisés par le peintre William Ascroft, qui réalisa en quelques années plus de 500 œuvres montrant des couchers de soleil plus magnifiques les uns que les autres. Aux États-Unis, les lueurs rougeoyantes sont si intenses que certains observateurs pensent qu'elles sont provoquées par l'incendie d'une ville au loin, au point d'alerter les pompiers sur place… pour rien. Alors, le ciel rouge sang du *Cri* a-t-il été lui aussi provoqué par les particules dégagées par le Krakatoa ?

À cette hypothèse, il n'y a qu'un hic : d'après les sources de l'époque, les couchers de soleil flamboyants ne sont attestés qu'au cours des 3 années qui ont suivi l'éruption, après quoi leur fréquence chute… Or l'expérience vécue par Munch à Oslo est survenue 8 ans et quelques mois après l'éruption de 1883. Faut-il alors y voir l'une des toutes dernières manifestations de ce type ? Ou bien était-ce tout simplement un coucher de soleil exceptionnel ? En tout cas, le phénomène a permis la création d'une œuvre d'art unique au monde, presque aussi marquante que l'éruption du Krakatoa !

L'expédition *Endurance* : épopée de l'extrême en Antarctique (1914-1916)

Vous recherchez la météo la plus hostile de la planète ? Elle se trouve en Antarctique, le seul continent sur lequel l'homme n'a jamais pu s'établir de manière permanente. Et pour cause : les températures moyennes à l'année oscillent entre – 10 °C sur les côtes et – 60 °C dans l'intérieur des terres, le record observé atteignant même – 89 °C. Cerise sur le gâteau, les vents dits catabatiques – qui soufflent depuis l'intérieur du continent vers l'océan – peuvent atteindre jusqu'à 300 kilomètres par heure sur les plus hauts plateaux ! Dans de telles conditions, et avant qu'on ne dispose de tout l'équipement moderne, chaque expédition en Antarctique était donc un authentique exploit. Mais, sans remettre en cause les mérites de chacun, il est probable qu'aucune n'a affronté plus de périls que l'équipage du navire *Endurance*, conduit par l'Irlandais Ernest Shackleton en 1914.

Le but de l'expédition n'était pas de rejoindre le pôle Sud, exploit déjà accompli trois ans plus tôt par le Norvégien Roald Amundsen, mais de réaliser une prouesse inédite : traverser le continent antarctique de part en part, depuis la mer de Weddel au sud de l'Amérique du Sud, jusqu'à la mer de Ross au sud de la Nouvelle-Zélande. Entre ces deux mers qui semblent « creuser » le continent, il n'y a que 800 kilomètres de terres à traverser, mais ce n'est pas là le principal problème : la mer de Ross comme celle Weddel ont en effet la particularité d'être encombrées chacune d'un immense glacier flottant : la barrière de Ross et la barrière de Filchner-Ronne.

Du côté de la mer de Ross, cette « barrière » est accessible directement depuis la mer navigable, du moins en été, lorsque la banquise est à son extension minimale. Mais du côté de la mer de Weddell, même en plein été, la barrière est précédée par un immense « *pack* » : une banquise flottante morcelée, formée d'innombrables petits blocs de glace, qui se soudent entre eux, se séparent, se percutent et se soulèvent, au gré des courants sous-marins et des vents qui les animent en permanence. Un environnement dangereux. Or, c'est par ici que doit passer l'*Endurance*, un navire brise-glace conçu spécialement pour ce milieu.

Dès son arrivée en Antarctique, le 5 décembre 1914, l'*Endurance* s'attaque donc au *pack* : lorsque la glace ne permet pas le passage, le navire est lancé à pleine vitesse pour briser la banquise comme un coin, puis recule pour reprendre de l'élan et s'élancer de nouveau. Des manœuvres efficaces, mais risquées, car, chaque fois que le navire frappe la glace, on craint qu'il ne s'élève trop et reste bloqué. L'*Endurance* progresse bien, jusqu'au matin du 19 janvier. Alors qu'il avait été lancé une énième fois contre la glace, le navire est un peu trop soulevé par cette dernière au moment de l'impact : il reste coincé. Malgré tous les efforts de l'équipage, impossible de le dégager : déjà, les blocs de glace se sont ressoudés entre eux. Le navire et l'équipage sont prisonniers du *pack*. Pour combien de temps ?

Les semaines s'écoulent, puis les mois. Mais, contrairement aux apparences, l'*Endurance* ne reste pas immobile : elle dérive avec la banquise qui l'a capturée, et s'éloigne de plus en plus du continent… En outre, le navire est très progressivement soulevé par les glaces dont le volume augmente sans cesse. Finalement, le 27 octobre 1915, les pressions exercées par la glace sur la coque de l'*Endurance* sont telles qu'il faut abandonner le navire, lequel finit lentement broyé par la glace, sous les yeux de ses marins impuissants.

Les hommes de Shackleton sont à pied, sur une mer de glace morcelée et imprévisible. Ils ont emporté avec eux 3 canots de sauvetage, qu'ils traînent sur la glace. Mais la dérive continue à entraîner le *pack* vers le large… Dans un premier temps, on tente de rallier l'île Paulet à 400 kilomètres de là, mais le terrain est si difficile qu'on n'avance que de 2 kilomètres par jour, trop peu pour compenser la dérive du *pack*. Alors, les naufragés sur glace dressent un camp où ils patientent durant six mois, en espérant que les conditions seront plus favorables durant l'hiver polaire.

On survit comme on peut, grâce à la viande des phoques et des manchots que l'on parvient parfois à chasser. Le *pack*, lui, se disloque de plus en plus et poursuit sa dérive. Il a déjà porté l'équipage de l'*Endurance* au beau milieu de l'océan, à plus de 200 kilomètres au large de la dernière pointe continentale. Il faut absolument tenter de gagner l'île de l'Éléphant, la dernière terre émergée, sans quoi l'équipage finira dans un océan déchaîné et glacial. Mais le *pack* est à la fois trop morcelé pour qu'on marche et trop serré pour qu'on mette les canots à la mer. Les hommes finissent par dormir dans les canots, par – 20 °C, tant il devient dangereux de rester sur la glace.

Enfin, après des efforts infinis, on parvient à accoster sur l'île de l'Éléphant. Shackleton et ses hommes ont alors l'immense soulagement de sentir la terre ferme sous leurs pieds, mais leur condition reste plus que précaire : à 1 000 kilomètres au sud du cap Horn, l'île de l'Éléphant n'est qu'un îlot perdu au milieu d'un océan glacial, balayé par des tempêtes. Inutile d'espérer rallier l'Amérique du Sud : les vents et les courants rendent toute traversée impossible dans ce sens. Le seul espoir est de profiter des vents d'ouest pour atteindre l'île de Géorgie du Sud, la première terre habitée… à 1 500 kilomètres de là. Le projet est quasiment suicidaire, car la traversée – dans une simple barque ! – doit se faire au milieu de l'océan déchaîné des fameux cinquantièmes hurlants. Une zone connue pour l'extrême fréquence de ses tempêtes, attisées par les différences de température entre les eaux chaudes à la surface du courant circumpolaire et la masse de froid glacial de l'Antarctique.

Pour ne pas prendre le risque de sacrifier tout l'équipage, Shackleton choisit cinq de ses meilleurs hommes et s'élance à bord de la plus grosse des trois barques, qui est lestée et dotée d'une voile. Seize jours durant, le frêle esquif est ballotté au milieu de creux pouvant atteindre 18 mètres, soit deux fois la longueur du bateau ! On survit miraculeusement à une vague scélérate. Et quand enfin le petit équipage arrive en vue de la Géorgie du Sud, une nouvelle tempête menace de fracasser la barque sur les côtes ! On touche terre malgré tout, au terme de ce qui est reconnu comme l'une des traversées les plus héroïques de l'histoire maritime. Mais rien n'est encore gagné, car – faute de mieux – l'équipage a abordé du côté inhabité de l'île. Pour trouver des secours, il faut encore traverser l'intérieur de l'île. Un trajet d'environ 30 kilomètres… à travers une chaîne de montagnes glacées culminant à presque 3 000 mètres d'altitude !

Seuls deux de ses hommes accompagnent Shackleton dans cet ultime défi. Sans carte, sans équipement, ne pouvant dormir sous peine de geler sur place, les trois hommes parviennent à se frayer un chemin au milieu des falaises et des glaciers. Au bout de 9 jours d'efforts inouïs, qui les ont conduits à marcher à demi immergés dans le lit de ruisseaux glacés, ils arrivent à la station baleinière de Stromness, où ils trouvent enfin le secours espéré. Dès le lendemain, un navire est envoyé pour secourir les trois hommes restés sur la côte ouest de l'île, et surtout le reste de l'équipage laissé sur l'île de l'Éléphant. Miracle, coup de chance inouï, ou simple conséquence de l'extrême détermination de Shackleton, tous les hommes de l'*Endurance* ont survécu à l'aventure.

Le Dust Bowl :
poussière et Grande Dépression aux États-Unis
(années 1930)

De ce côté-ci de l'Atlantique, le Dust Bowl est aujourd'hui un peu oublié. Pourtant, nous avons tous en mémoire quelques images liées à ce phénomène météorologique unique en son genre : celles de ces familles américaines quittant des terres sinistrées, couvertes de poussière et balayées par les vents, entassant toute leur vie sur un vieux tacot pour mettre le cap vers la Californie… Des scènes immortalisées par l'écrivain John Steinbeck dans son chef-d'œuvre *Les Raisins de la colère*, adapté au cinéma par John Ford. Mais, bien au-delà de cette œuvre littéraire, le Dust Bowl a constitué un événement climatique extraordinaire, tant par sa nature et son ampleur que par ses conséquences majeures sur l'histoire des États-Unis.

De quoi s'agit-il exactement ? Eh bien, le Dust Bowl – littéralement le « bassin de poussière », parce que la région touchée affecte la forme d'une immense cuvette – est une incroyable série de tempêtes de poussière, qui ont frappé les grandes plaines des États-Unis au cours des années 1930, au point de provoquer un exode massif des populations. Comment une telle catastrophe a pu être possible ? Pour le comprendre, il faut remonter 30 ans plus tôt, dans l'Amérique des années 1900.

La conquête de l'Ouest est alors achevée, mais les Américains ont gardé l'esprit pionnier, et d'immenses territoires sont encore à prendre. Notamment dans les grandes plaines du Middle West, en Oklahoma, en Arkansas, ou encore au Kansas. De vastes prairies où, avant qu'on ne les massacre, paissaient des millions de bisons. La terre n'est pas particulièrement fertile, mais la région profite alors d'un climat arrosé, de sorte que de nombreux fermiers pensent pouvoir s'installer. Travailler la terre pour la rendre féconde et nourrir sa famille, quoi de plus noble et de plus normal ? Alors, ici comme ailleurs, on défriche les herbes folles et on sème des céréales. Dans les années 1920, on s'équipe des toutes nouvelles machines agricoles : tracteurs automobiles et charrues multisocs. Grâce à ces engins révolutionnaires, les surfaces labourées sont multipliées. Les sols, de nature légère, sont retournés dans tous les sens pour accueillir toujours plus de céréales. Et cela avec succès, tant que la pluie continue d'irriguer la région : les récoltes sont bonnes et les exploitations prospères. Mais les fermiers ignorent qu'ils vont être victimes des caprices de dame Nature...

En effet, au tournant des années 1930, le climat exceptionnellement arrosé qui durait depuis quelques décennies s'arrête brutalement. À partir de 1931, la sécheresse s'installe. Elle va durer 7 années entières, avec de courtes pauses, mais parfois de façon ininterrompue dans certaines régions, qui traversent plusieurs années sans voir une goutte d'eau.

Pourquoi une telle sécheresse ? On ne le comprendra que des décennies plus tard : le phénomène est lié à des variations de température des eaux de surface dans les océans Pacifique et Atlantique, qui ont provoqué un déplacement du Jet Stream, ce courant aérien qui arrose habituellement le centre des États-Unis. Naturellement, cette sécheresse entraîne la chute de la production agricole dans toute la région concernée. Mais il y a pis. En temps normal, avant les grands défrichements, les herbes qui peuplaient les grandes prairies auraient pu survivre à la sécheresse – elles sont bien adaptées au manque d'eau – et auraient contribué à maintenir la cohésion des sols. Mais, en leur absence, les terres sont balayées par les vents qui soufflent sans rencontrer aucun obstacle. Or ces sols légers par nature, labourés sans cesse depuis des années, et asséchés par l'absence de pluie, sont sensibles à l'érosion éolienne. Peu à peu, toutes les terres labourées se transforment en une fine poussière qui s'envole à la première brise ! Dès 1932, quelques mois seulement après le début de la sécheresse, pas moins de 14 tempêtes de poussière sont recensées. Il faut imaginer la scène : d'immenses nuages noirs envahissent l'atmosphère ; la poussière se dépose partout où le vent la porte, et s'infiltre jusqu'à l'intérieur des habitations. De véritables blizzards noirs, qui font littéralement s'envoler les terres cultivables et laissent le sol sec et nu. Et plus la sécheresse s'installe, plus la situation empire : on compte bientôt près de 40 tempêtes par an ! Partout, les exploitations agricoles sont dévastées. Les bonnes terres sont remplacées par une poussière informe. Les chariots, les clôtures, les automobiles et même les maisons, tout est enseveli par une couche de poussière qui peut atteindre un mètre d'épaisseur.

Si les tempêtes de poussière ont touché sporadiquement tout le Middle West, c'est la région située aux confins du Kansas, de l'Oklahoma, du Texas et du Colorado qui est le plus touchée. Ici, sur des milliers de kilomètres carrés, le sol n'est plus qu'un désert de poussière. Paysans et cultivateurs sont ruinés. Pour eux comme pour leurs familles, impossible de rester : ils n'ont plus aucune ressource. Et leur sort est d'autant plus précaire que les États-Unis se trouvent alors en pleine Grande Dépression, par suite du krach de 1929. Le seul espoir est dans la fuite. En quelques années, plus de 3 millions de personnes se jettent à corps perdu sur les routes pour échapper à l'enfer des tempêtes de poussière. Bon nombre partent en direction de la Californie.

La catastrophe aura au moins porté ses fruits. On comprend vite que, si la sécheresse est naturelle, les tempêtes de poussière ont été provoquées par le surlabourage et par la pratique d'une agriculture non adaptée à la nature du sol. Le président Roosevelt déclare qu'« un peuple qui détruit ses sols s'autodétruit ». C'est la première grande prise de conscience écologique aux États-Unis. L'administration fédérale rachète des terres pour y replanter les herbes sauvages qui y poussaient auparavant. Et une fois la sécheresse enfin terminée, les pratiques agricoles sont revues et corrigées : jachères, cultures alternées, cultures sans labours et afforestation seront désormais plus répandues dans la région. Ces nouvelles pratiques ont contribué à stabiliser les sols. On espère qu'elles seront suffisantes pour résister à la prochaine vague de sécheresse qui ne manquera pas de s'abattre, tôt ou tard, sur le Middle West. La terrible sécheresse des années 1930 est loin d'être la pire connue par la région au cours de son histoire : grâce à l'étude des cernes des arbres, on sait que le Nebraska avait connu, il y a 800 ans, une sécheresse longue de 38 ans !

Vin et météo, le millésime du siècle ! (1961)

S'il est un domaine où la météo joue un rôle capital, c'est bien le vin. Car la vigne est une grande sensible : pour donner le meilleur d'elle-même, il lui faut de l'eau mais pas trop, beaucoup de soleil mais pas trop de sécheresse, le tout selon un calendrier bien précis et si possible sans à-coups… Une vraie diva ! Mais c'est à ce prix que le raisin arrivera à pleine maturation en se gorgeant d'arômes délicieux, que les vignerons n'auront aucun mal à transformer en vins d'exception. Bien sûr, il est rare que ce scénario idéal se réalise. La plupart du temps, il y aura au moins une fausse note : du gel au printemps, un peu trop de pluie, un léger manque de soleil en été, une arrière-saison pluvieuse… Sans pour autant être désastreux, n'importe lequel de ces écarts suffit à nuire quelque peu à la maturation des raisins, donc à la production d'un grand vin. Pourtant, il est des années où toutes les planètes semblent s'aligner, permettant aux vignerons de produire des vins d'une qualité exceptionnelle : c'est ce qu'on appelle un grand millésime.

Le secret ? Une météo permettant une maturation graduelle, c'est-à-dire sans changements de temps ou de températures brutaux, car la vigne apprécie la douceur ! L'idéal est une montée très progressive du mercure, ainsi qu'un été très ensoleillé ponctué de petites pluies rafraîchissantes, la cerise sur le gâteau étant une arrière-saison chaude et ensoleillée de façon à parfaire la maturation jusqu'aux vendanges. Mais ce n'est pas tous les ans que le ciel est si clément avec les vignes ! En outre, il est rare que la météo soit la même partout d'une région à l'autre, de sorte que certaines années pourront s'avérer excellentes pour les bordeaux, mais moyennes pour les côtes-du-rhône, voire médiocres pour les bourgognes ou les vins d'Alsace, si le temps a été moins clément dans le nord-est du pays.

Au cours du XXe siècle, toutefois, quelques années ont mis tout le monde d'accord, produisant des vins excellents partout. Mais quelle fut la meilleure ? Et quelle météo a-t-il fallu pour atteindre de tels sommets ? Nos lecteurs les plus âgés ont sans doute entendu parler du millésime 1945. Comme pour mieux célébrer la fin de la guerre, le vin fut fantastique cette année-là, tout particulièrement les bordeaux, et cela malgré une gelée catastrophique au printemps, qui engendrera de très faibles volumes de vin. Mais quel vin ! Il faut dire qu'ensuite tout s'était déroulé pour le mieux : dès le mois d'avril, il fait beau et chaud : on atteint même 33 °C à Bordeaux dès le mois de mai. L'été se poursuit sur la même ligne, mais en bénéficiant régulièrement de petites pluies de façon à éviter toute sécheresse... et l'apothéose arrive avec un mois de septembre particulièrement chaud et sec, avec encore une pointe à 36 °C à Bordeaux le 17 du mois ! Le résultat ? L'une des meilleures cuvées du siècle, par les arômes, la puissance, et la longévité : presque 80 ans plus tard, certains grands crus sont encore excellents à déguster.

L'année 1945 inaugurait d'ailleurs une série historique, car les années 1947, 1949, 1953 et 1959 ont laissé de grands souvenirs également. Plus près de nous, l'année 1982 est considérée comme un millésime d'exception, du moins pour les bordeaux. Le scénario météorologique est proche de celui de 1945, toutefois sans gel au printemps et avec un peu moins de chaleur au mois de septembre. Mais, si cette année la météo fut si favorable aux bordeaux, ce n'est pas la même histoire dans les autres régions : en Bourgogne, les pluies de septembre sont venues tout gâcher, tandis que, dans la vallée du Rhône, la chaleur accablante de l'été a provoqué une maturation trop précoce.

De nombreux amateurs se remémorent encore avec nostalgie les années 1989 et 1990, qui constituent – fait unique en un siècle – deux millésimes mémorables consécutifs. Et, contrairement à 1982, les bordeaux ne sont pas les seuls concernés : les vins de Bourgogne, de la vallée du Rhône, du Val de Loire et d'Alsace furent à la fête également, de même que le champagne ! Avec une mention toute particulière pour les vins de la Loire en 1989 et ceux du Rhône en 1990.

Mais si l'on ne devait garder qu'une année reine pour tout le XXe siècle, ce serait 1961, qui fut excellente partout en France, et merveilleuse pour les bordeaux ! Pourtant, l'année avait débuté assez mal : il n'avait pas plu une goutte au mois de mars, tandis que des gelées tardives avaient mis à mal les vignes. Mais cet épisode de gel inhabituel avait eu un avantage, car, en s'attaquant à certains bourgeons, il avait pratiqué une « taille » naturelle : il y aura moins de grappes, mais elles bénéficieront de tous les efforts du pied de vigne. Ensuite ? Tout fut parfait. Dès le mois d'avril, les températures entament leur montée très progressive, sous un ciel globalement ensoleillé, ponctué de pluies régulières mais pas trop abondantes. L'été est à l'avenant : chaud et ensoleillé, avec juste ce qu'il faut de pluie pour rafraîchir le sol. Enfin, comme en 1945, l'arrière-saison est favorable : une vague de chaleur débute dès la fin du mois d'août et se prolonge durant tout le mois de septembre, avec une pointe à 35 °C le 16 du mois ! De quoi permettre aux raisins d'arriver à pleine maturité dans les meilleures conditions… et de produire ce qui fut sans doute le meilleur vin du XXe siècle !

Et ailleurs ? On dit souvent que, lorsque l'année est propice aux bordeaux, les vins de la vallée du Rhône sont pénalisés, en raison de trop fortes chaleurs. Mais ce n'est pas le cas en 1961, où de fortes pluies en juillet aident la vigne à résister au reste de l'été. Les grands châteaux produisent alors un vin excellent, dont on dit qu'ils ressemblent étrangement à des bordeaux. Dans le Nord aussi, le millésime 1961 est remarquable : Bourgogne, Alsace, Champagne, Val de Loire… aucune région n'a échappé à cet été très ensoleillé et à un mois de septembre bénéfique. Tous les terroirs produisent un vin au moins excellent, et de très longue garde, qu'on peut encore déguster aujourd'hui en toute confiance. Seuls les sauternes auront à se plaindre de 1961, car ces vins jaunes sucrés ont besoin d'un peu plus d'humidité en septembre pour développer la fameuse « pourriture noble » qui dessèche les raisins et leur donne leur concentration en sucre unique. Preuve qu'en matière de vins également la météo ne peut pas satisfaire tout le monde !

La vigne est d'ailleurs un très bon marqueur pour suivre l'évolution du temps. Son étude permet de montrer qu'il ne faut pas confondre l'irrégularité du climat, qui a toujours existé, avec le réchauffement climatique dû à l'homme et ses conséquences.

Quand un orage donne naissance au hip-hop (1977)

Les caprices de la météo ont parfois des conséquences inattendues, mais de là à donner naissance à un mouvement culturel… Voilà une chose qui ne pouvait arriver qu'à New York ! Plus précisément lors du *black-out* de 1977. Un événement resté tristement gravé dans les mémoires, car la ville est alors tombée dans un chaos qu'elle n'avait jamais connu, mais qui pourrait avoir eu des conséquences positives sur l'émergence de la culture hip-hop. Du moins est-ce là ce que prétend la légende…

Ce n'était pas la première fois que la météo avait plongé New York, la ville qui ne dort jamais, dans le noir. Déjà, le 9 novembre 1965, un froid intense avait contribué – par le pic de consommation électrique qu'il entraîna – à un immense *black-out* qui s'était étendu sur tout le nord-est des États-Unis et une partie du Canada. Trente millions de personnes avaient alors dû passer la soirée et la nuit dans le noir complet.

La réaction des New-Yorkais avait été exemplaire. Aucune émeute, aucun pillage de magasin n'avait été à déplorer. Au contraire, le calme et l'entraide avaient régné, en particulier parmi les 800 000 personnes coincées dans le métro, dans le noir total ou à la lueur de simples briquets, car il n'y a pas de téléphones portables pour s'éclairer à l'époque. De nombreux usagers s'étaient même laissé guider vers la sortie… par des aveugles ! Mais, 12 ans plus tard, en 1977, l'ambiance à New York a bien changé.

Alors que le chômage et la pauvreté se sont installés, la drogue et la criminalité ravagent les quartiers de Harlem, Brooklyn et le Bronx. C'est le New York de *Taxi Driver* et de *Shaft*. Une Amérique de la violence et du désenchantement, alors même qu'à Broadway vient d'ouvrir le Studio 54, la boîte de nuit de tous les excès. C'est aussi la ville du crime : sans même parler des tueurs en série qui terrorisent alors la ville, on compte à New York plus de 1 500 meurtres par an. Plus de 4 par jour, dont la moitié autour de Central Park ! Dans cette ambiance délétère, les conséquences du *black-out* ne seront donc pas les mêmes qu'en 1965. Les causes non plus, d'ailleurs : en ce 13 juillet 1977, ce n'est évidemment pas le froid qui a causé la panne, mais des orages.

Il a fait 33 °C dans l'après-midi. L'orage est donc un soulagement pour les habitants, mais la foudre tombe à plusieurs reprises sur des sous-stations électriques situées le long de l'Hudson. Ces incidents provoquent des réactions en chaîne, à l'origine d'un trop-plein d'électricité sur le réseau qui alimente New York. À 21 h 37, tout le système est brutalement arrêté. Dès lors, plus de lumière, ni dans les logements, ni dans les rues. Les feux de signalisation restent éteints, le métro est arrêté avec ses passagers, les restaurants et cinémas plongés dans le noir, tout comme le Shea Stadium, où se déroulait un match de base-ball. Les tunnels automobiles sont fermés faute de ventilation, et même le tournage du film *Superman* est interrompu !

La panne allait durer jusqu'au lendemain matin, et même plus dans certains quartiers. Mais c'est durant la nuit que la situation devient dramatique : New York plonge alors dans le chaos et la terreur. Les pillages se déclarent dès les premières heures du *black-out*. Les émeutiers s'en prennent avant tout aux magasins, qui sont mis à sac. Les cibles favorites sont les supermarchés, les magasins de meubles ou d'électroménager, les bijouteries et les magasins de vêtements. Les grilles sont arrachées à l'aide de cordes reliées à des voitures, les vitrines brisées. Souvent, le magasin est incendié dans la foulée, soit par pur acte criminel, soit pour distraire les forces de l'ordre. Le pillage sévit dans 31 quartiers sur la centaine que compte New York, le secteur de Brooklyn étant le plus touché. Partout, des incendies, des sirènes de police, des pillards courant dans les rues en emportant ce qu'ils peuvent... Au total, en une seule nuit, 1 616 magasins ont été pillés, et 1 037 incendies déclenchés. Curieusement, les meurtres ne sont pas beaucoup plus nombreux que d'habitude : 4 seulement, plus 3 morts dans les incendies. Face au chaos, les forces de police n'ont pas démérité : 550 policiers ont été blessés et 4 500 pillards arrêtés. Quant aux dégâts, ils sont évalués à 350 millions de dollars, soit près de 2 milliards d'aujourd'hui ! L'espace d'une nuit, New York a cédé aux forces du désordre, pour le pire... et pour le meilleur ?

Paradoxalement, ce moment de chaos pourrait avoir été en partie à l'origine d'une révolution culturelle : le hip-hop. Durant la panne, en effet, de nombreux pilleurs ont ciblé les magasins d'équipement électronique et de musique. Parmi eux, de jeunes adolescents passionnés par la musique, mais qui n'ont pas les moyens d'acheter quoi que ce soit. Pour une fois que l'occasion se présentait d'obtenir ce que la société leur refuse, la tentation est trop grande. Beaucoup d'entre eux sautent le pas, et se ruent sur les tables de mixage, les platines, les amplis... Bref, l'équipement du parfait DJ ! Bien sûr, le hip-hop lui-même n'est pas né lors du *black-out* : il était déjà pratiqué par quelques pionniers auparavant. Mais les pillages du *black-out* auraient permis de diffuser le mouvement, de lui donner plus d'ampleur, au point qu'il devienne dans les années suivantes une véritable culture... et cela grâce à ce court moment durant lequel l'ordre du monde a semblé vaciller. Du moins est-ce là ce que prétend la légende qui entoure désormais la culture hip-hop, qui se plaît à trouver ses origines dans un moment de subversion.

Toutefois, les témoignages des principaux intéressés sont divisés : certains DJ, comme Grandmaster Caz ou Disco Wiz, disent avoir profité des pillages ; d'autres, comme Afrika Bambaataa, affirment que tout cela relève de la légende urbaine. Ce qui est sûr, c'est que le *black-out* de 1977 fut aussi une façon de mettre en lumière les maux – drogue, violence, pauvreté – qui ravagent alors New York, et qui devaient perdurer encore plus d'une décennie. Il faudra attendre l'embellie des années 1990 pour que la pauvreté recule, et avec elle la criminalité, désormais revenue dans des valeurs habituelles pour une grande ville américaine.

À la veille de l'an 2000, la tempête du siècle (1999)

Rappelez-vous l'année 1999. La France venait de gagner sa première Coupe du monde de football, l'informatique et Internet commençaient à faire leur entrée dans les ménages, et l'on s'inquiétait même du fameux « *bug* » de l'an 2000 – qui n'aura finalement pas lieu. Mais, 5 jours avant la nouvelle année, symbole du numérique et de la dématérialisation, c'est la nature qui a décidé de se rappeler au bon souvenir de tout le monde ! Au lendemain de Noël, la moitié nord de la France est dévastée par la tempête la plus violente qu'elle ait eu à subir au cours du siècle. Le lendemain, c'est au tour de la moitié sud d'être frappée par une « bombe » météorologique du même type. Les pays voisins sont touchés également. Par son intensité comme par l'étendue des régions dévastées, cette double tempête des 26 et 27 décembre 1999 s'est imposée dans notre pays comme la catastrophe naturelle la plus destructrice du XXe siècle. En nous rappelant soudainement notre fragilité, elle a aussi constitué un tournant pour la prévention du risque météo en France. Mais comment un tel phénomène a-t-il pu frapper notre pays, où les tempêtes restent généralement d'intensité modérée ?

D'abord, il faut rappeler que l'année 1999 avait été douce, mais aussi ventée et très pluvieuse : un flux océanique soutenu avait apporté d'innombrables perturbations successives. Le mois de décembre, tout particulièrement, était déjà le plus arrosé des 50 dernières années, et quelques tempêtes mineures avaient déjà frappé les côtes. Le jour de Noël, le flux océanique accélère brutalement, offrant ainsi un terrain propice à la circulation très rapide des dépressions à travers l'Atlantique nord. De fait, la dépression qui allait devenir la tempête Lothar est passée des côtes du Canada à celles de la Bretagne en… moins de 24 heures ! Pour ne rien arranger, la rencontre de masses d'air froid en provenance de l'Islande et de masses d'air chaud d'origine subtropicale favorise le creusement de la dépression. Toutes les conditions sont donc réunies pour que la dépression se transforme en tempête, mais pas au point de la transformer en « bombe » météorologique.

Ce qui aggrave le phénomène se trouve plus haut dans le ciel. Le Jet Stream, ce courant de haute altitude très rapide qui influe beaucoup sur la météo de notre pays, est entré en interaction avec la dépression qui s'approche : entraîné par la dépression, il est descendu en altitude tout en accélérant brutalement, au point de faire une pointe à 530 kilomètres par heure ! Il contribue ainsi à son tour à creuser et à accélérer la dépression qui s'approche. Celle-ci peut dès lors être qualifiée de « bombe météorologique », dont la nature très violente se lit facilement sur un graphique mesurant la pression barométrique : lorsque la dépression arrive, la pression chute de façon extrêmement rapide, avant de remonter tout aussi vite une fois le cœur de la dépression passé, l'ensemble dessinant une courbe en V.

Ce « V », c'est la tempête Lothar, qui a balayé la moitié nord de la France au petit matin du 26 décembre. Elle a déferlé à toute vitesse : présente à partir de 2 heures du matin sur la Bretagne, elle s'échappait déjà en Allemagne à la fin de la matinée, progressant donc à la vitesse exceptionnelle de 100 kilomètres par heure. Sur son passage, les vents sont d'une violence hors du commun : ils soufflent à 169 kilomètres par heure dans Paris intra-muros, et jusqu'à 216 kilomètres par heure au sommet de la tour Eiffel ! Des rafales à 210 kilomètres par heure sont relevées au pont de Tancarville, où la pression atmosphérique chute à 960 hectopascals. Curieusement, le record absolu est atteint au sommet d'une colline bordant le lac de Constance, dans le sud de l'Allemagne, où les rafales ont atteint 272 kilomètres par heure, une vitesse digne des pires ouragans ! Pourtant,

Lothar est bien une « simple » tempête, car, sous nos latitudes, les eaux océaniques ne sont pas suffisamment chaudes pour former de véritables ouragans, dépressions plus vastes et définies par la présence d'un « œil » bien visible. Cela n'a pas empêché Lothar d'être tout aussi violent, voire davantage, qu'un cyclone tropical. En effet, la tempête laisse derrière elle des paysages dévastés : cheminées détruites, toitures arrachées, camions couchés sur la route… et surtout, des millions d'arbres abattus ! Les dégâts les plus importants se concentrent sur un couloir de 150 kilomètres de large allant de la Bretagne à l'Alsace. Dans le parc du château de Versailles, 4 000 arbres centenaires sont à terre. Ce sont toutefois les forêts vosgiennes qui ont payé le plus lourd tribut : dans certains secteurs, les sapins ne forment plus qu'un immense tapis vert au sol ; ils sont couchés, déracinés ou rompus comme s'ils avaient été abattus par une terrible explosion ou par le souffle d'un volcan.

La moitié sud du pays est alors épargnée, mais ce n'est qu'un répit. Car, alors même que Lothar ravage le nord de la France, une autre « bombe » météorologique est déjà en train de traverser l'Atlantique à toute vitesse, elle aussi alimentée par une dérivation du Jet Stream. Deux tempêtes successives si puissantes et si rapprochées constituent un événement tout à fait exceptionnel. Le 27 décembre, alors que le Nord commence juste à panser ses plaies, la tempête Martin déferle sur la moitié sud du pays. Les vents soufflent à près de 200 kilomètres par heure sur l'île d'Oléron et à 158 kilomètres par heure dans Clermont-Ferrand. Comme la précédente, la tempête Martin se déplace d'est en ouest de façon extrêmement rapide : le lendemain matin, elle se trouve déjà dans la région de Venise ! Elle laisse derrière elle les mêmes scènes de désolation.

En quelques heures, les deux tempêtes auront abattu quelque 138 millions de mètres cubes de bois, soit ce que la sylviculture française produit en 4 ans… C'est l'équivalent de 850 000 hectares de forêt, la superficie d'un département comme la Côte-d'Or ! Dans leur chute, les arbres ont entraîné avec eux 8 000 kilomètres de lignes électriques, de sorte qu'au pire de l'événement ce sont presque 10 millions de Français qui sont privés d'électricité. Les dégâts sont estimés entre 8 et 13 milliards d'euros rien qu'en France. Les routes sont impraticables, le trafic ferroviaire à l'arrêt sur les deux tiers du réseau. Un million d'abonnés sont privés de téléphone fixe et 3 500 antennes relais pour mobiles sont hors d'usage. Même les réseaux d'adduction en eau sont touchés, privant 2,5 millions de personnes d'eau potable.

Bref, à la veille d'un nouveau millénaire placé sous le sceau de la modernité, la nature se rappelle à nous et prive des millions de Français de tout le confort acquis au cours du siècle écoulé ! Enfin et surtout, on déplore 92 morts en France et 140 victimes en Europe.

Quant à Météo-France, elle est vivement critiquée pour n'avoir pas suffisamment alerté la population du danger à venir. À sa décharge, les deux tempêtes se sont formées et déplacées à une vitesse exceptionnelle. En outre, il n'existe à l'époque aucun système d'alerte établi, tandis que le jour de Noël était peu propice à la bonne diffusion des informations dans les médias. C'est pour pallier ce manquement qu'un an plus tard Météo-France instaure le service de Vigilance, avec son échelle de couleurs (jaune, orange, rouge) qui est rapidement entrée dans les habitudes des Français.

Depuis sa création, ce service de vigilance a permis d'avertir les populations de nombreuses mauvaises surprises météorologiques. À ce jour, toutefois, la France n'a pas connu de tempête comparable en intensité à la double tempête de 1999, de sorte que, presque 25 ans plus tard, celle-ci mérite toujours son surnom de « tempête du siècle ». À ce sujet, d'ailleurs, l'idée selon laquelle le réchauffement climatique nous apporterait plus d'événements météorologiques extrêmes ne paraît pas se vérifier. En réalité, la fréquence des tempêtes semble obéir à des cycles : alors que les années 1980 et 1990 ont été très riches en tempêtes, les années 2000 et 2010 se sont montrées beaucoup plus calmes, par le nombre comme par l'ampleur, avec seulement 12 tempêtes majeures, contre 27 lors des deux décennies précédentes !

TROISIÈME PARTIE

Quand la météo dessine la géographie et le peuplement de la Terre

Le défi des Océaniens : des vents contraires… favorables ! (70000 av. J.-C. - 1200 apr. J.-C.)

Si de nos jours la météo fait beaucoup pour la Polynésie, c'est parce que le climat qui y règne attire de nombreux touristes. Mais il y a quelques milliers d'années, la météo a joué un rôle encore plus grand, car elle a tout simplement permis la colonisation de l'Océanie par l'Homme ! Il s'agit d'un phénomène relativement récent dans l'histoire humaine : il a débuté il y a environ 60 000 ans, et s'est achevé depuis moins d'un millier d'années, avec la découverte de la Nouvelle-Zélande. Si le processus a été si lent, c'est parce que l'Océanie ne forme pas un continent unitaire, mais un ensemble d'archipels, de moins en moins dense à mesure qu'on progresse vers l'ouest de l'océan Pacifique. Or, entre chaque archipel, il y a un bras de mer ou un océan à traverser, ce qui représentait un véritable défi pour les hommes de l'époque, dont les techniques de navigation restaient très sommaires. Mais la météo était là pour les aider, à plusieurs reprises, et cela dès le commencement. Il y a 60 000 ans, on le sait, la Terre traversait une longue période glaciaire. Les gigantesques glaciers qui recouvrent une partie des continents de l'hémisphère Nord retiennent d'inimaginables quantités d'eau, au point que le niveau moyen des océans se trouve alors 120 mètres plus bas qu'aujourd'hui. L'Asie du Sud-Est et l'Océanie en sont transfigurées : de vastes péninsules, aujourd'hui recouvertes par les flots, sont émergées. Les îles de Sumatra, Java et Bornéo, ainsi que la péninsule malaise, sont alors réunies dans une grande péninsule, que les géologues ont baptisée Sunda. De la même façon, l'Australie était bien plus étendue qu'aujourd'hui, surtout vers le nord, où elle formait avec la Nouvelle-Guinée une énorme masse continentale, baptisée Sahul. Le Sahul et le Sunda sont alors séparés par la mer, mais l'intervalle entre les deux est occupé par l'archipel de Wallacea, qui correspond grossièrement à l'Indonésie. De sorte qu'il est possible de passer d'un continent à l'autre sans avoir à traverser plus de 100 kilomètres de mer. Une distance qui reste toutefois conséquente pour les humains de l'époque, dont les moyens de navigation devaient être rudimentaires. Mais il y a environ 60 000 ans, les hommes y sont parvenus : depuis le Sunda qui est attaché à l'Asie, ils ont rejoint le Sahul, en procédant vraisemblablement par sauts de puce progressifs. Les bras de mer furent probablement franchis à l'aide d'embarcations légères comme des pirogues ou même de simples radeaux. Mais en plus du climat glaciaire qui a raccourci les distances à traverser, la météo a probablement aidé les hommes d'une autre façon... Car une distance de 100 kilomètres reste trop importante pour apercevoir une terre de l'autre côté de la mer.

Du fait de la rotondité de notre planète, il aurait fallu monter très haut, à plus de 1 000 mètres d'altitude, pour l'apercevoir, ce qui était impossible sur la plupart des îles de Wallacea. Mais sans avoir à grimper si haut, les hommes ont pu apercevoir les nuages stationnaires qui se forment au-dessus des reliefs, lorsque l'air humide se refroidit. Ils ont ainsi pu en déduire la présence d'une terre au-delà des flots, et tenter l'aventure. Peut-être ont-ils également été aidés par les orages, car, en Australie, lorsque la foudre s'abat sur des broussailles en période de sécheresse, elle peut déclencher d'immenses incendies, dont les colonnes de fumée sont facilement visibles par-delà les mers, et ne laissent aucun doute sur leur origine. C'est donc sans doute guidés par la météo que les hommes ont pu avancer à travers l'archipel de Wallacea, jusqu'à atteindre le Sahul, au terme d'une exploration de plusieurs milliers d'années. Mais le Sahul n'était qu'une première étape : il restait encore tout le Pacifique à découvrir ! Cette colonisation du

Pacifique, beaucoup plus tardive, est l'œuvre d'une seconde vague de migrateurs, partis d'Asie du Sud-Est il y a environ 5 000 ans et qui, à leur tour, ont exploré les terres océaniennes. Probablement dotée de technologies nautiques plus perfectionnées, cette seconde vague d'explorateurs s'aventure beaucoup plus vers l'est, en direction de la Polynésie, en plein cœur de l'océan Pacifique. Une fois encore, le processus est long : il faut plus de 3 000 ans pour atteindre les îles de la Société. Plus on s'enfonce dans le Pacifique, plus les îles se font rares et éloignées. Or, il ne faut pas oublier que les voyageurs progressent sans savoir où se trouvent les prochaines terres émergées, ni même si elles existent ! À de si hautes époques, l'exploration du Pacifique est tout simplement l'un des plus grands exploits de l'histoire maritime. Les Océaniens ont-ils été aidés par la météo, eux aussi ? Auraient-ils été portés par des vents favorables ? Pas du tout, car, la plupart du temps, le centre du Pacifique est au contraire balayé par des alizés très réguliers soufflant depuis l'est, qui auraient donc tendance à repousser les navigateurs vers l'Indonésie ! Mais, paradoxalement, ces vents contraires pourraient avoir favorisé l'exploration du Pacifique. D'abord parce que les marins savaient bien naviguer par vent de côté, ce qui leur permettait de remonter le vent en progressant en zigzag, lentement mais sûrement. Mais, surtout, le fait que les alizés soufflent continuellement vers l'ouest a sans doute rassuré les explorateurs : au cas où l'expédition n'aurait trouvé aucune nouvelle terre vers l'est, on avait l'assurance de pouvoir retourner au pays rapidement, grâce à de bons vents d'est, avant que les vivres ne s'épuisent. Les alizés étaient pour les explorateurs polynésiens une sorte d'assurance vie ! Malgré cette aide précieuse, l'exploration est de plus en plus difficile, car les îles se font de plus en plus isolées.

Depuis les îles de la Société, atteintes vers 300 après J.-C., il faudra encore près d'un millénaire pour explorer les terres restantes, comme l'archipel d'Hawaï. L'histoire ne dit pas comment les Océaniens sont parvenus à mettre la main – vers l'an 1200 – sur l'île de Pâques, minuscule bout de terre isolé à plus de 2 000 kilomètres de toute autre terre émergée ! Étonnamment, c'est à peine un siècle plus tôt que les Océaniens avaient découvert la Nouvelle-Zélande, pourtant beaucoup plus grande et beaucoup moins isolée que l'île de Pâques. Pourquoi un tel retard ? Peut-être parce que la Nouvelle-Zélande se trouvait au sud-ouest de la Polynésie, c'est-à-dire dans le sens où soufflaient les alizés. Sans doute les Polynésiens ont-ils tardé à entreprendre des voyages dans cette direction, par peur de ne pas pouvoir faire demi-tour en cas d'échec… Enfin, on sait que les Océaniens sont parvenus jusqu'en Amérique du Sud, où ils ont dû nouer des contacts avec les populations locales, puisqu'ils en ont rapporté… la patate douce ! Comment ne pas s'interroger sur les motivations, les élans, les nécessités qui ont poussé ou obligé les hommes à aller toujours plus loin, à conquérir cet inconnu derrière l'horizon ?

L'âge glaciaire est-il à l'origine des peuplements de l'Amérique ? (30000 av. J.-C.)

On le sait, l'humanité actuelle trouve ses origines dans un noyau de population d'origine africaine, qui n'a quitté ce continent qu'il y a environ 60 000 ans – et cela alors même que d'autres espèces humaines étaient venues d'Afrique beaucoup plus tôt.

Dès lors, *Homo sapiens* s'est répandu sur les différents continents, où il a fini par éclipser les espèces humaines concurrentes. Cependant, si l'on se représente assez facilement comment les hommes modernes en provenance d'Afrique ont pu pénétrer en Asie et en Europe, il est beaucoup moins évident de comprendre comment ils ont pu peupler l'Amérique, puisqu'il n'existait à cette époque aucune embarcation capable de traverser des océans. La clef de l'énigme est intimement liée à la météo, ou plus précisément au climat glaciaire qui a caractérisé notre planète durant près de 100 000 ans, jusqu'en 10000 avant J.-C. environ, mais l'explication est peut-être moins simple qu'il n'y paraît à première vue…

Selon l'interprétation la plus répandue, tout se serait joué il y a environ 20 000 ans : les populations asiatiques présentes dans l'est de la Sibérie auraient profité de la glaciation pour traverser ce qui est aujourd'hui le détroit de Béring, entre la pointe de la Russie et l'Alaska. La planète connaissait alors – et pour quelques milliers d'années encore – une période glaciaire. À vrai dire, elle venait même d'atteindre son « maximum glaciaire » : la température mondiale était de 10 degrés inférieure à celle d'aujourd'hui, et la chute est plus spectaculaire encore au niveau des pôles, avec 15 degrés de moins en moyenne.

Mais, contrairement à ce qu'on imagine souvent, les hommes de cette époque n'ont pas profité du fait que le détroit de Béring était pris par les glaces. Non, s'ils ont pu traverser, c'est parce que, en raison du maximum glaciaire, le détroit de Béring n'existait pas ! En effet, à cette époque, de gigantesques glaciers de 3 à 4 kilomètres d'épaisseur recouvrent tout le nord de l'Europe, de l'Asie et de l'Amérique, retenant ainsi des quantités d'eau astronomiques, équivalentes à celles d'un petit océan… de sorte que le niveau des océans était de 120 mètres inférieur à aujourd'hui. Les continents étaient donc nettement plus étendus. En Europe par exemple, la Manche n'existe pas encore : on passe à pied sec de la France à l'Angleterre, tandis que la mer du Nord est réduite à un grand lac ! Il en est de même en Asie et en Océanie, où l'Australie forme un continent unique avec l'Indonésie. Un phénomène du même type s'observe aux extrémités de l'Asie et de l'Amérique du Nord, qui sont réunies par un vaste pont terrestre : la Béringie – qui tire son nom de détroit de Béring actuel. N'allez pas imaginer un isthme étroit : c'est une véritable péninsule qui atteint près de 1 000 kilomètres de largeur ! Et contrairement à ce qu'on pourrait imaginer, cette région émergée n'est pas recouverte par un glacier – du moins pas entièrement –, de sorte qu'il est tout à fait possible d'y survivre et de la traverser.

C'est la voie toute trouvée pour arriver en Amérique. D'ailleurs, les hommes de l'époque ne se sont sûrement pas rendu compte qu'ils posaient le pied sur un nouveau continent, et pour cause ! Ils ont sans doute suivi les migrations des troupeaux de grands herbivores – comme le mammouth laineux – qu'ils chassaient, jusqu'à se retrouver sur le territoire actuel de l'Alaska. Cette migration progressive semble avoir eu lieu il y a environ 20 000 ans, quelques milliers d'années avant le début du réchauffement et la sortie de la période glaciaire. Les humains de cette époque auraient ensuite patienté en Alaska durant quelques milliers d'années. Pourquoi ? Tout simplement parce que le plus formidable glacier de l'histoire terrestre récente leur barrait la route ! En effet, un gigantesque

« inlandsis » recouvre alors tout le Canada, de la côte ouest à la côte est. Une énorme couche de glace pouvant atteindre 2 kilomètres d'épaisseur, à l'instar de celles qui recouvrent aujourd'hui encore le Groenland et l'Antarctique. Un milieu où la survie est impossible pour les hommes de l'époque – comme d'ailleurs pour les hommes d'aujourd'hui, s'ils devaient y vivre en autarcie ! Le monstre de glace est donc totalement infranchissable. Mais à la faveur du réchauffement climatique, qui montre ses premiers effets vers 13 000 avant J.-C., le glacier fond en partie et libère une sorte de couloir, qui permet aux hommes de progresser jusqu'aux États-Unis actuels, et de là vers l'Amérique centrale et l'Amérique du Sud.

Ainsi s'expliquerait le peuplement de l'Amérique… du moins selon l'interprétation en vigueur dans le milieu scientifique jusque dans les années 2000. Car, ces dernières années, de nombreuses fouilles archéologiques entreprises partout sur le continent ont montré que les hommes étaient présents dans toute l'Amérique depuis beaucoup plus longtemps : on en trouve déjà en Amérique du Sud il y a 30 000 ans ! Ces découvertes ont bouleversé les vues des scientifiques. Comment des hommes ont-ils pu arriver jusqu'ici, alors que l'Amérique du Nord était complètement barrée par le glacier canadien ? Ont-ils fait du cabotage le long des côtes, depuis l'Alaska ? Cela paraît peu probable pour des chasseurs-cueilleurs. Les populations venaient-elles d'ailleurs ? D'Australie, d'Afrique, ou même d'Europe ? Les plus folles théories ont vu le jour, mais la plupart des scientifiques s'accordent sur le fait que la traversée d'océans entiers par des groupes nombreux est impossible à de si hautes époques. Surtout, toutes les études génétiques s'accordent à montrer que les populations amérindiennes trouvent leurs origines en Sibérie, ce qui confirme pleinement que la colonisation s'est faite par la Béringie.

Mais alors, comment expliquer que des hommes soient présents dans toute l'Amérique bien avant le réchauffement qui a permis la fonte partielle du glacier canadien ? En fait, c'est une fois encore la météo qui pourrait tout expliquer ! Des études récentes ont montré que, même au cours de l'ère glaciaire, un monstre de glace comme l'inlandsis canadien n'était pas immuable. Des phénomènes climatiques complexes, qui ne s'accompagnent pas nécessairement d'un réchauffement global de la planète, ont modelé le glacier au fil des millénaires, au point que, durant certaines périodes, le passage de l'Alaska vers le reste de l'Amérique du Nord était ouvert. C'était le cas en particulier il y a 32 000 ans, et de nouveau 5 000 ans plus tard. Après quoi le glacier s'est refermé pour 15 milliers d'années. Les hommes auraient donc pu profiter de ces fenêtres pour s'infiltrer en Amérique. D'après les études génétiques, toutefois, la vague de migration à l'origine des populations amérindiennes actuelles se serait produite il y a environ 20 000 ans, de sorte qu'il faudrait penser que cette « nouvelle vague » de migration aurait fini par supplanter les groupes humains déjà présents en Amérique, et dont il ne reste plus qu'un minuscule souvenir dans l'ADN des Amérindiens actuels. Ce qui est sûr, c'est que l'histoire du peuplement des Amériques est intimement liée à la météo de notre planète, et qu'elle n'a pas fini de livrer tous ses secrets !

Quand le Sahara était verdoyant !
(12000 - 4000 avant J.-C.)

Le Sahara, je ne vais pas vous l'apprendre, est aujourd'hui le plus grand désert du monde – ou plus exactement le plus grand désert chaud, car les déserts de glace de l'Arctique et de l'Antarctique le surpassent largement. Huit millions de kilomètres carrés – l'équivalent des États-Unis sans l'Alaska – de terre aride, de rocaille ou de dunes magnifiques. Un écosystème réduit au minimum et une densité de population parmi les plus faibles au monde, hormis autour des rares oasis qui parsèment le désert.

Qui pourrait imaginer qu'il y a seulement quelques milliers d'années (une milliseconde à l'échelle du temps géologique !) le Sahara était une région verdoyante, arrosée copieusement par les moussons, parcourue par des cours d'eau et ponctuée de grands lacs, peuplée d'une faune riche et d'une importante population humaine ? Qui ?

Les climatologues bien sûr ! En effet, on sait aujourd'hui qu'entre 12000 et 4000 avant J.-C., le Sahara se trouvait dans une période humide. Les immenses étendues désertiques d'aujourd'hui étaient alors couvertes par la savane, mais aussi par une végétation plus importante encore dans les vallées et près des lacs. Les hauts plateaux du Sahara central, aujourd'hui constitués de roches à nu, étaient même couverts de véritables forêts comprenant des espèces aujourd'hui plus familières aux Européens qu'aux Africains : chênes, ormes, noyers, tilleuls… Sur les contreforts de ces massifs, on se croirait même en Provence, car les pentes sont couvertes d'oliviers et de pins d'Alep ! Dans les vallées, des rivières pérennes grouillent de poissons et sont bordées de prairies fertiles.

Si les scientifiques peuvent reconstituer cet environnement, c'est d'abord grâce aux témoignages archéologiques, comme les gravures rupestres où les hommes de l'époque ont représenté les animaux qu'ils voyaient autour d'eux, et qui sont ceux de la savane actuelle. Pour le confirmer, on a retrouvé aussi des restes d'os, de graines et de fruits, de céramiques décorées qui montrent l'émergence d'une véritable civilisation. Des peintures rupestres montrent même des troupeaux de bœufs, preuve que les hommes du Sahara pratiquaient dès cette époque l'agro-pastoralisme. Et si une telle civilisation a pu se développer dans ce qui est aujourd'hui un désert, c'est évidemment grâce au climat.

En effet, si le Sahara est un endroit où il fait bon vivre durant 8 000 ans environ, c'est parce que la planète se trouve alors en plein optimum climatique de l'Holocène. Et, paradoxalement, alors même que la température globale de la Terre est plus élevée, le « Sahara vert » est beaucoup plus respirable qu'aujourd'hui et bénéficie même d'une pluviosité abondante !

Pourquoi ? Cela s'explique d'abord par un phénomène astronomique, la précession. Une oscillation cyclique de l'axe de rotation de la Terre, qui s'incline plus fortement d'un côté ou de l'autre – un peu comme une toupie en perte de vitesse – par cycles d'environ 22 000 ans. Or, vous le savez, c'est à cause de l'inclinaison de l'axe de rotation de la Terre qu'il y a des saisons. Durant les mois d'été, en effet, la planète présente davantage son hémisphère Nord face au Soleil. C'est donc l'été chez nous, et l'hiver chez nos congénères de l'hémisphère Sud. Inversement durant les mois d'hiver, où c'est l'hémisphère Sud qui est le plus exposé.

Or, de nos jours, la Terre – qui décrit chaque année une orbite légèrement elliptique autour du Soleil – se trouve assez loin du Soleil lorsque c'est l'été dans l'hémisphère Nord. Mais, du fait de la précession, qui fait osciller l'axe de rotation de notre planète, il arrive – tous les 22 000 ans, donc ! – que les étés dans l'hémisphère Nord coïncident avec le périhélie, ce moment de l'année où la Terre passe au plus près du Soleil. Le rayonnement solaire est alors à son maximum sur l'hémisphère Nord, car la Terre est « proche » du Soleil au moment même où elle présente son côté nord face à l'astre. Les étés dans l'hémisphère Nord sont donc globalement plus chauds, ce qui provoque des variations climatiques, lesquelles jouent fortement sur la mousson africaine. Durant l'été, en effet, le réchauffement solaire sur la moitié nord de l'Afrique est si fort qu'il crée une zone de basses pressions, laquelle attire les nuages gorgés d'eau en provenance de l'océan Atlantique. En outre, l'insolation estivale favorise une pluviosité abondante. Pour faire simple, la mousson qui arrose aujourd'hui l'Afrique équatoriale est alors plus forte et décalée vers le nord… en plein sur le Sahara ! Naturellement, lorsqu'elles sont répétées sur plusieurs décennies, ces pluies abondantes entraînent la végétalisation de l'environnement.

À partir de 12000 avant J.-C., ce phénomène a joué à plein, faisant du Sahara un vrai petit coin de paradis pour quelques milliers d'années. Ce n'est d'ailleurs pas toujours le cas : lorsque la précession coïncide avec une période de maximum glaciaire dans l'hémisphère Nord, les énormes quantités de glace qui recouvrent les hautes latitudes refroidissent l'atmosphère et ne permettent pas la venue de la mousson sur l'Afrique du Nord, de sorte que le Sahara reste sec. C'est pourquoi il n'y a pas eu de période humide saharienne vers 35000 avant J.-C., alors que la planète se trouvait pourtant inclinée de la bonne manière : le maximum glaciaire l'a empêchée.

Mais, au début de l'Holocène, vers 12000 avant J.-C., la période glaciaire touchait à sa fin, ce qui a permis à la précession de jouer pleinement son rôle. Cette période humide s'est alors prolongée graduellement durant quelques millénaires, jusque vers 4000 ou 3500 avant J.-C. À ce moment, en quelques centaines d'années, le Sahara est redevenu aride. Ce changement de climat a évidemment entraîné d'importantes migrations. Une partie des hommes qui peuplaient le Sahara humide ont dû se replier sur la vallée du Nil, laquelle reste fertile grâce aux crues du fleuve nourricier. Or, la fin de la période humide coïncide avec l'émergence des premières sociétés complexes dans la vallée du Nil, qui verra bientôt éclore la civilisation égyptienne... La désertification du Sahara pourrait donc être en partie à l'origine de la floraison d'une des plus grandes civilisations antiques ! Depuis, le Sahara est resté aride et désertique. Mais il finira sûrement par reverdir, en profitant du cycle de précession... d'ici à 10 000 ans environ !

J'entends déjà les remarques de certains : les variations climatiques évoquées ici se sont produites sur des millénaires ! Rien à voir avec les variations que nous connaissons actuellement, qui s'observent en quelques décennies. Une différence de vitesse qui est bien d'origine essentiellement anthropique, comme le montre la science.

La forêt amazonienne, esclave de la météo !
(Depuis 10 000 ans)

La forêt amazonienne, impénétrable, vierge et immuable ? Un mythe pur et simple ! Car, non seulement ce gigantesque massif forestier a été habité et domestiqué par l'homme depuis des millénaires, mais il a surtout été soumis aux caprices de la météo et du climat, qui l'ont sans cesse remodelé au cours des siècles, au gré des périodes de sécheresse et d'humidité.

Pourtant, la forêt amazonienne a longtemps été perçue comme une sorte de sanctuaire naturel, resté inchangé durant des millénaires, voire des millions d'années, et quasiment vierge de toute présence humaine, à l'exception de minuscules sociétés de chasseurs-cueilleurs, dont certaines ont subsisté jusqu'à nos jours. Quelques dizaines de milliers d'individus, ne pratiquant pas ou très peu l'agriculture et n'ayant donc qu'un très faible impact sur la forêt, pour un immense territoire grand comme dix fois la France. Mais cette réalité est celle de l'époque moderne, postérieure à l'arrivée des colons hispaniques au XVIe siècle… et surtout à celle des maladies européennes, qui ont tué en quelques décennies 90 % de la population amérindienne ! Or, on a du mal à l'imaginer aujourd'hui, mais, avant ce désastre bactériologique, la forêt amazonienne abritait une population de près de 10 millions d'hommes. En outre, la plupart appartenaient à des sociétés complexes et parfois à des civilisations développées, à l'instar des Mayas ou des Aztèques en Amérique centrale. Mais, après la chute démographique du XVIe siècle, la forêt tropicale a repris ses droits, effaçant très vite tout souvenir de ces sociétés complexes. Ce n'est que depuis quelques décennies que les archéologues redécouvrent de nombreuses traces de ces sociétés passées, dont certaines remontent à plusieurs millénaires avant notre ère. Les vestiges ténus qui en demeurent montrent que ces civilisations amazoniennes ont créé à travers la forêt un impressionnant réseau de routes, mais aussi des digues, des chaussées surélevées, des canaux, des réservoirs, des fossés… Quant à l'habitat, il prenait des formes très variées, depuis de petits « villages » semi-nomades jusqu'à de véritables cités ou de grands ensembles d'exploitations agricoles. En effet, la plupart de ces sociétés amazoniennes pratiquaient l'agriculture ! Elles ont aussi été capables de produire des céramiques depuis de très hautes époques, tandis que les échanges commerciaux allaient bon train.

Cette mosaïque de peuples était régie par une grande diversité de modèles sociaux et politiques, et par une incroyable diversité linguistique, dont témoignent encore aujourd'hui les quelque 300 langues parlées dans la région ! Inutile de dire que l'impact de ces sociétés complexes – dont on commence seulement à découvrir la richesse – sur la forêt amazonienne a été infiniment plus important que celui des tribus de chasseurs-cueilleurs qu'on imaginait auparavant... Mais, plus encore que l'homme, c'est la météo qui a transformé et bouleversé cet environnement. On pourrait croire en effet qu'une masse végétale si luxuriante est imperméable aux changements, que, sous une canopée laissant à peine pénétrer la lumière du soleil, la météo n'a que très peu d'impact. Il n'en est rien ! Les archéologues de la forêt amazonienne ont pu constater que, ne serait-ce que durant les derniers 10 000 ans, la forêt a énormément évolué au gré des perturbations climatiques. Pour le savoir, sans aucun témoignage écrit antérieur aux tout derniers siècles, les scientifiques se sont penchés sur ce qui fait le cœur de l'Amazonie : la forêt hyperhumide, la plus luxuriante, celle où la biodiversité est maximale et l'hygrométrie toujours très élevée, tout au long de l'année. De nos jours, cette zone de la forêt est tellement humide que les incendies y sont totalement impossibles : cette forêt ne peut tout simplement pas brûler. Précisément parce qu'elles constituent aujourd'hui un milieu « extrême », ces forêts hyperhumides sont les meilleures révélatrices des changements du passé. Or, de nombreux indices montrent qu'elles ont connu, au cours des derniers millénaires, des climats très différents. L'un des marqueurs les plus explicites se trouve dans les couches de charbon que les archéologues découvrent dans le sol : ces charbons ne peuvent avoir été créés que par un incendie – ou plutôt une série d'incendies – et montrent que ces zones aujourd'hui hyperhumides l'étaient beaucoup moins à l'époque : pour que de tels incendies aient pu se produire, il a fallu que la forêt connaisse des sécheresses de très grande intensité, de façon que la perte d'eau rende la végétation inflammable. D'autres indices des changements climatiques se trouvent dans la présence, dans le paléosol, de graines de plantes « pionnières », qui ne poussent qu'en plein soleil… signe évidemment que la forêt était alors beaucoup moins dense qu'aujourd'hui, si ce n'est inexistante dans certaines zones. Mieux encore, sur les bordures du massif amazonien actuel, le sol porte encore la trace d'anciennes dunes, preuve que la région était alors désertique ! Forts de tous ces indices, les archéologues du climat ont pu déterminer que la forêt amazonienne a connu « récemment » au moins deux longues périodes de sécheresse, l'une durant environ 5 siècles au cours du premier millénaire de notre ère, l'autre d'environ 400 ans durant le Moyen Âge. Il y a donc très peu de temps à l'échelle climatologique. En outre, si les forêts aujourd'hui hyperhumides sont alors beaucoup plus sèches, certaines parties de la forêt amazonienne ont pu disparaître complètement. Ainsi, durant 3 millénaires entre 5000 et 2000 avant J.-C., une grande partie de la forêt actuelle n'existe pas : elle est alors remplacée par des prairies couvertes d'herbacées. Ces découvertes montrent que, depuis des millénaires, l'Amazonie est en évolution permanente, sous l'effet des changements climatiques – auxquels elle semble beaucoup plus sensible que les forêts tropicales d'Afrique et d'Asie. Contrairement à ce qu'on prétend souvent, la forêt amazonienne ne semble donc pas indispensable à la survie de notre planète : sa disparition ou sa réduction ne nous entraîneraient probablement pas dans l'apocalypse climatique que certains imaginent.

D'ailleurs, contrairement aux idées reçues, l'Amazonie n'est en rien le « poumon de la planète » : on sait que son bilan en matière de production et de consommation d'oxygène est équilibré, tandis que son rôle de puits de carbone est lui aussi à relativiser d'après les dernières études. Bien sûr, cela ne veut pas dire qu'il ne faille pas la préserver, au contraire ! Car son histoire même montre combien la forêt amazonienne est fragile et sensible aux changements climatiques.

Et si elle n'est pas le poumon vert qu'on imagine souvent, l'Amazonie n'en est pas moins un fabuleux réservoir de biodiversité et de beautés naturelles, ainsi qu'un gigantesque climatiseur naturel. En ces temps de réchauffement global, il serait donc bien dommage de s'en priver !

J'ajoute que la déforestation actuelle provoque la désertification des zones déboisées. Ainsi, les terres agricoles gagnées sur la forêt manquent cruellement d'eau. Le cycle de l'eau que crée la forêt a été totalement perturbé, créant ce déficit hydrique.

Le Déluge : quand la mer Noire se remplit (5500 av. J.-C.)

« L'histoire du Déluge étant la chose la plus miraculeuse dont on ait jamais entendu parler, il serait insensé de l'expliquer : ce sont de ces mystères que l'on croit par la foi. » Est-ce que, pour une fois, notre immense Voltaire n'avait pas tort ? Car derrière le récit du Déluge pourrait bien se cacher une réalité historique, liée à l'évolution climatique de notre planète, et même l'un des événements les plus incroyables de toute l'histoire humaine ! Mais retournons aux sources. Le récit du Déluge est présent, sous différentes formes, dans de nombreuses traditions écrites, depuis l'Ancien Testament jusqu'à l'épopée sumérienne de Gilgamesh, en passant par le Véda hindouiste ou la mythologie grecque. Et pourtant, sauf à faire acte de foi, il est bien difficile d'accepter l'idée que la surface entière du globe aurait pu être recouverte d'eau par des pluies diluviennes… Il aurait fallu pour cela des quantités de liquide supérieures à toutes les formes d'eau présentes sur la planète, et c'est un météorologue qui vous le dit !

D'un point de vue scientifique et rationaliste, le Déluge peut donc être considéré comme une invention ou un véritable miracle. Du moins tel qu'il est narré dans les grandes traditions religieuses. Car ce récit pourrait être le reflet amplifié d'un événement bien réel, unique dans l'histoire de l'humanité, au point de défier l'imagination.

Remontons à la fin de la dernière période glaciaire, il y a environ 12 000 ans. Le nord de l'Europe est encore en grande partie recouvert par un gigantesque glacier, une formidable couche de glace pouvant atteindre jusqu'à 3 kilomètres d'épaisseur. Depuis l'apogée du dernier âge glaciaire, la fonte des glaces a déjà commencé, mais elle est loin d'être achevée. À cette époque, la mer Noire n'est pas encore une mer, mais un lac d'eau douce, déjà très vaste mais beaucoup moins étendu que la mer actuelle. Naturellement, ce lac n'est pas relié au réseau marin : à l'époque, les Cyclades ne sont pas encore des îles et le détroit du Bosphore n'existe pas. Le lac correspondant à la future mer Noire – dit lac Pontique – est donc séparé de la mer Méditerranée.

Mais, alors que, sous l'effet du réchauffement climatique, la fonte du gigantesque glacier nordique se poursuivait, le niveau des mers continuait lentement de s'élever, sur toute la planète... Au contraire du lac Pontique dont le niveau ne s'élève que très modérément. De sorte que, vers 5500 avant J.-C., le lac Pontique et sa région forment une vaste dépression dans le continent eurasien : le niveau du lac se trouve alors 150 mètres plus bas que celui de la Méditerranée. Ses rives accueillent sans doute une population d'agriculteurs et d'éleveurs, car la région offre de nombreuses ressources naturelles, à commencer par les nombreux poissons qui peuplent le lac. On les imagine menant une vie paisible, à l'échelle de la rudesse des temps.

Mais ces hommes ignoraient qu'ils allaient être victimes d'une catastrophe comme l'humanité n'en avait jamais connu : sans doute ébranlé par un séisme, le mince isthme qui ne forme pas encore le détroit du Bosphore, et qui retient les eaux de la Méditerranée, cède brutalement. Alors, dans un grondement assourdissant audible à 100 kilomètres à la ronde, les eaux de la Méditerranée se déversent dans le bassin du lac Pontique : en quelques secondes se forme un torrent d'eau d'un débit 200 fois supérieur à celui des chutes du Niagara, soit 600 000 mètres cubes à la seconde ! Comme si les 30 plus grands fleuves de la planète s'étaient réunis pour former un torrent gigantesque, dévalant les pentes du bassin pontique à une vitesse folle, écrasant tout sur son passage, emportant des forêts entières en quelques secondes ! Le spectacle est inouï : c'est probablement l'événement naturel le plus stupéfiant de toute l'histoire humaine. À ce rythme, l'immense bassin pontique se remplit à une vitesse prodigieuse : les eaux du lac s'élèvent chaque jour de 15 centimètres, et les rives reculent de tous les côtés à raison de plusieurs kilomètres par semaine ! Même à ce rythme effréné, il faudra sans doute deux années pour que le niveau de l'eau du lac s'équilibre enfin avec celui de la Méditerranée.

Mais au fait, comment a-t-on été capable de reconstituer cet incroyable scénario ? Grâce à deux géologues américains, William Ryan et Walter Pitman. Alors qu'ils mènent une étude sur les sédiments de la côte nord de la mer Noire, dans les années 1990, les deux hommes découvrent, sous les couches les plus récentes, une strate fine et uniforme, où se trouvent de nombreux fossiles de coquillages marins, certainement propulsés dans la mer Noire au moment où les eaux de la Méditerranée ont déferlé dans le bassin pontique. Or, l'analyse au carbone 14 de ces fossiles montre qu'ils ont tous exactement le même âge : 7 500 ans, et cela qu'ils proviennent du bas ou du haut de la couche de sédiments. Cela prouve que le remplissage de la mer Noire a été quasiment instantané, car, « si le remplissage avait été graduel, les coquillages du dessus seraient plus jeunes », comme l'explique Walter Pitman. L'hypothèse envisagée jusqu'ici par les scientifiques, un remplissage progressif étalé sur quelques milliers d'années, est donc invalidée : le bassin pontique s'est rempli en seulement deux années !

À l'issue de cette incroyable inondation, le lac des origines est devenu une mer, qu'on nommera Pont-Euxin dans l'Antiquité. Une mer d'eau salée de plus de 400 000 kilomètres carrés. Les rives autrefois peuplées de cultivateurs et de pêcheurs sont désormais noyées sous des kilomètres cubes d'eau, tandis que les poissons d'eau douce qui peuplaient le lac ont presque instantanément péri dans les eaux désormais salées. Ce bouleversement incroyable a sans doute provoqué la migration des populations qui se trouvaient sur les rives du lac, tant vers l'Europe que vers le Caucase, et peut-être même vers la Mésopotamie. Naturellement, ces expatriés ont dû emporter avec eux le récit de cet événement inouï et traumatisant, dont les traditions orales ont sans doute entretenu et amplifié le souvenir au fil des générations. Si bien que, 2 500 ans plus tard, les Sumériens mettent pour la première fois cette tradition par écrit. Ils seront imités par les Hébreux 40 générations plus tard, et par d'autres cultures ayant chacune sa propre version du Déluge... Le récit de l'Ancien Testament aurait donc bien un fond de vérité.

Aujourd'hui encore, d'ailleurs, la mer Noire porte la trace de cet événement mémorable : elle est en effet deux à trois fois moins salée que les autres mers de la planète, car les eaux douces du lac pontique se sont mélangées à l'eau de mer, contribuant ainsi à adoucir l'ensemble. En outre, au-delà de 200 mètres de profondeur, les eaux de la mer Noire ont la particularité d'être anoxiques, c'est-à-dire qu'elles ne contiennent pas de dioxygène. En revanche, la présence de sulfure d'hydrogène toxique interdit l'action bactérienne et permet la conservation des bois et des tissus… donc celle des épaves antiques, pour le plus grand bonheur des archéologues.

Bien sûr, cette hypothèse est contestée par certains scientifiques. Nous n'y étions pas ; alors, restons humbles devant la beauté de cette histoire où les témoignages traversent les siècles pour venir jusqu'à nous.

Moïse a-t-il ouvert la mer Rouge ?
(1250 av. J.-C.)

Plus jeunes, lors d'une énième rediffusion du film *Les Dix Commandements*, nous avons tous rêvé devant l'image d'un Moïse/Charlton Heston plus vrai que nature, écartant devant son peuple des montagnes d'eau, avant de les refermer sur l'armée de Pharaon…

De fait, le passage de la mer Rouge par les Hébreux est sans aucun doute l'un des épisodes les plus célèbres de l'Ancien Testament. Bien sûr, rien n'interdit de croire à un authentique miracle, en faisant acte de foi. Mais, au-delà de sa dimension religieuse, l'épisode de la traversée de la mer Rouge ne pourrait-il pas entretenir de lointains rapports avec une réalité historique ? Ou du moins avec des phénomènes naturels dont l'existence est attestée ?

Si l'on admet que l'épisode s'est déroulé tel que dans le film de Cecil B. De Mille, la réponse serait certainement « non » ! Aucun événement naturel, aucune tempête, aucun séisme ne pourrait avoir provoqué l'écartement des flots de la mer Rouge, ou plus précisément du golfe de Suez, qui forme l'un des deux petits « doigts » qui encadrent la péninsule du Sinaï. Car, même ici, la mer atteint encore 20 à 50 kilomètres de largeur, pour une profondeur de 90 mètres !

Cependant, le texte biblique n'affirme pas que la mer s'est ouverte brusquement. Il précise que les flots marins auraient été repoussés par un vent d'est ayant soufflé toute la nuit : « Moïse étendit sa main sur la mer, et l'Éternel fit reculer la mer, toute la nuit par un vent d'est impétueux, et il mit la mer à sec, et les eaux furent divisées » (Exode, chap. 14, verset 21). En outre, les chercheurs spécialisés dans l'exégèse des textes bibliques ont remarqué que le texte hébreu emploie, pour décrire ce que l'on interprète comme la mer Rouge, le terme de « *yam suf* », c'est-à-dire « mer de joncs » ou « mer des roseaux ». Une description qui ne colle pas vraiment avec la mer Rouge… car les roseaux ne supportent pas l'eau salée !

Ce nom de « mer de roseaux » correspondrait bien mieux au delta du Nil, où les champs de roseaux sont légion. Moïse et son peuple pourraient avoir eu à traverser le lac de Tanis, qui se trouvait à l'extrémité orientale du delta, et qui séparait le continent africain de la péninsule du Sinaï. La masse d'eau qui barrait ici la route des Hébreux était bien moins impressionnante que la mer Rouge : 5 kilomètres de largeur, pour une profondeur maximale d'environ 1,80 mètre. Des caractéristiques qui restent toutefois suffisantes pour interdire toute traversée à pied…

Et c'est là que la météo intervient, ou plutôt qu'elle aurait pu intervenir ! En effet, en s'inspirant du texte biblique, qui affirme qu'un puissant vent d'est aurait soufflé toute la nuit, des scientifiques américains – Carl Drews et Weiqing Han – se sont efforcés de modéliser, par ordinateur, quels effets pourrait avoir un tel vent sur un plan d'eau comme le lac de Tanis. Les conclusions sont édifiantes : si elles avaient été soumises en continu à un fort vent d'est durant douze heures, les eaux peu profondes du lac auraient été « poussées » vers le nord, jusqu'à dégager le fond vaseux durant plusieurs heures. Connu en anglais sous le terme de *wind setdown*, ce phénomène physique est vérifiable sur n'importe quel plan d'eau. Lorsqu'un vent fort souffle de façon continue sur un étang, un lac ou un océan, il aura tendance à pousser la surface de l'eau perpendiculairement vers la droite dans l'hémisphère Nord, et vers la gauche dans l'hémisphère Sud. Le phénomène peut s'observer à l'embouchure du Rhône, où un vent d'est soutenu peut repousser les eaux vers le nord, faisant ainsi légèrement remonter le niveau de la mer près de la côte, au point que les eaux du fleuve s'écoulent parfois difficilement. Sur le lac Érié également, les tempêtes ont souvent tendance à repousser les eaux du lac, au point que la surface du lac en devient très légèrement oblique. Bien sûr, pas de quoi mettre à nu le fond de cet immense lac profond de 64 mètres. Mais, dans le cas d'un plan d'eau de surface comme le lac de Tanis, les modélisations montrent qu'un vent soutenu et continu serait théoriquement capable de chasser les eaux très peu profondes au point de dégager le fond.

En théorie seulement ? À voir ! Au XIXe siècle, un officier britannique avait pu observer un phénomène très similaire dans le delta du Nil, et plus précisément dans la lagune de Menzalé, qui n'est autre que la descendante directe de l'antique lac de Tanis. L'homme s'était couché le soir en observant un vent violent balayant les eaux de la lagune. Lorsqu'il se réveilla au matin, une partie du lac semblait comme asséchée, le vent ayant repoussé ses eaux plus loin. En confirmant les données théoriques obtenues par ordinateur, ce témoignage laisse donc penser qu'il pourrait exister une explication rationnelle en arrière-plan du récit biblique.

Un volcan en Alaska empêche la crue du Nil (43 av. J.-C.)

De tous les fleuves du monde, le Nil est probablement celui qui a suscité le plus d'admiration, et cela depuis des temps immémoriaux.

Il est vrai que voir les eaux azur du fleuve se frayer un chemin à travers le désert et apporter la vie sur ses rives a quelque chose de fascinant. L'une des plus grandes civilisations de l'Antiquité lui doit son existence, et, aujourd'hui encore, le Nil est à l'origine d'une grande partie des ressources – agricoles, mais aussi énergétiques – de l'Égypte.

Mais, me direz-vous, quel rapport entre le roi des fleuves et un volcan situé en Alaska, à 14 000 kilomètres des sources du Nil, presque à l'opposé du globe terrestre ? Le rapport, c'est la météo, naturellement ! Avouez que cela mérite bien quelques explications. Restons dans un premier temps sur les rives du Nil, pour comprendre toute l'importance de ce fleuve dans l'Antiquité. Fort de ses 6 650 kilomètres, le Nil est le fleuve le plus long du monde. Il prend sa source dans les eaux du lac Victoria, en Afrique équatoriale, et traverse toute la moitié nord du continent pour se jeter dans la Méditerranée. Sur la moitié de son cours, le Nil traverse des régions de climat désertique et – fait unique à la surface du globe – il ne reçoit pas le moindre affluent sur ses 2 000 derniers kilomètres, alors même qu'il traverse l'un des déserts les plus arides au monde ! Mieux encore, lors de ses crues annuelles, le fleuve dépose sur ses rives un limon noir qui rend les terres fertiles et permet des récoltes abondantes. Enfin, le Nil s'évase majestueusement dans son delta, qui s'étend sur 24 000 kilomètres carrés et a constitué durant des millénaires l'un des principaux greniers à blé du monde méditerranéen. On comprend que les Égyptiens aient été fascinés, et qu'ils aient considéré les crues du Nil comme des manifestations divines. Car, à cette époque, non seulement la source du Nil restait inconnue, mais sa crue se produisait alors même qu'aucune pluie ne tombait sur tout le cours connu de la rivière… Le Nil avait donc quelque chose de mystérieux et de magique.

On sait aujourd'hui que ces crues n'ont rien de miraculeux : elles sont dues simplement à la mousson qui s'abat, entre le mois de mai et le mois d'août, sur les hauts plateaux éthiopiens. C'est là que le Nil Bleu – le principal affluent du Nil Blanc qui remonte jusqu'au lac Victoria – prend ses sources. Les précipitations gigantesques qui s'abattent sur la région gorgent alors les eaux du Nil Bleu, dont le débit est multiplié par 30, voire par 50 ! Le Nil Bleu – ainsi que l'Atbara, lui aussi alimenté par les plateaux éthiopiens – rejoint ensuite le Nil Blanc à Khartoum. Les quantités d'eau qui s'engouffrent alors dans la vallée du Nil sont telles que, sur tout son cours inférieur, le Nil déborde de son lit, et les eaux gorgées de sédiments noirs – en provenance directe d'Éthiopie – recouvrent toutes les terres cultivées de la vallée : c'est la crue du Nil, qui se déclenche au cours de l'été et atteint son maximum au début de l'automne, avant de se retirer en douceur au cours du mois de novembre... Les sédiments noirs – le limon – se déposent alors sur les terres cultivées, où faire pousser des céréales devient un jeu d'enfant grâce à cet engrais naturel. Jamais le terme de « fleuve nourricier » n'aura mieux porté son nom.

La conséquence est que, dans l'Antiquité au moins, la vie des Égyptiens est conditionnée par le comportement du Nil : si certaines années la crue n'est pas bonne, les récoltes s'en ressentiront. Et si elle n'a pas lieu ? C'est tout simplement une catastrophe : l'absence de crue sera synonyme d'une famine aux proportions dramatiques. Heureusement, le Nil est régulier comme un métronome : si la période de la crue varie d'une année à l'autre, elle ne manque jamais de se produire… ou presque jamais ! Car, en 43 et en 42 avant J.-C., le Nil semble n'être pas sorti de son lit, ou si modestement que les récoltes furent catastrophiques.

Cette absence de crue participe d'ailleurs d'une crise climatique plus générale. En effet, juste après l'assassinat de Jules César en 44 avant J.-C., la météo méditerranéenne semble avoir été extrêmement troublée. Les chroniqueurs de l'époque évoquent un climat étonnamment froid et humide, provoquant des récoltes catastrophiques et des épidémies. Ils décrivent également des phénomènes atmosphériques inhabituels, comme un Soleil assombri ou entouré de halos, ou encore de nombreux parhélies – des illusions d'optique donnant l'impression que plusieurs soleils apparaissent dans le ciel.

À l'époque, ces phénomènes ont été interprétés comme de mauvais présages, mais, très récemment, des chercheurs ont montré qu'il s'agissait sans doute des conséquences de l'éruption du volcan Okmok, dans les îles Aléoutiennes – ce long archipel qui semble prolonger la pointe de l'Alaska. Cette éruption cataclysmique était restée jusqu'ici ignorée, et pour cause : hormis un peuple autochtone ne pratiquant pas l'écriture, personne n'avait assisté à l'éruption. Mais des carottes de glace prélevées au Groenland et en Russie ont montré la présence d'une couche de cendres volcaniques particulièrement nette à cette époque, et des analyses géochimiques ont montré que ces cendres provenaient bien du volcan Okmok. Elles montrent que le volcan a connu en 43 avant J.-C. une éruption d'une puissance inimaginable, dite « ultra-plinienne ». De quoi faire passer celle du mont Saint Helens pour un vulgaire pétard mouillé ! Plus de 100 kilomètres cubes de roches ont été projetés dans l'atmosphère sous forme de poussières. C'est davantage que n'importe quelle éruption connue par la planète depuis 2 000 ans. Le cratère actuel de l'Okmok en témoigne encore : il atteint plus de 10 kilomètres de diamètre. Pour le dire simplement, c'est un peu comme si le Kilimandjaro tout entier avait été projeté dans l'atmosphère, éparpillé façon puzzle !

Une telle quantité de poussières projetée dans l'atmosphère a eu des conséquences majeures, bien au-delà des phénomènes optiques décrits par les chroniqueurs antiques. Durant deux à trois années, les poussières filtrent le rayonnement solaire et provoquent une chute spectaculaire des températures dans tout l'hémisphère Nord. L'étude des cernes des arbres a montré qu'en Californie il gèle au début du mois de septembre de l'an 43 avant J.-C. ! Les scientifiques ont pu déterminer que les températures avaient chuté de 7 °C en moyenne durant l'été et l'automne, les deux saisons les plus touchées. C'est bien simple, les deux années 43 et 42 ont sans doute été les plus froides jamais connues par l'hémisphère Nord en 2 500 ans. Pis encore, dans le sud de l'Europe, les précipitations ont augmenté de 120 % durant l'été et de… 400 % durant l'automne ! Ces pluies diluviennes ont évidemment nui aux récoltes un peu partout dans le monde méditerranéen.

Mais le Nil, dans tout ça ? Eh bien, les modélisations réalisées par les paléoclimatologues suggèrent que les poussières éjectées par l'Okmok auraient pu avoir un impact mondial si important que même les épisodes de mousson en Afrique équatoriale en auraient été affectés : la mousson aurait été absente ou peu abondante durant les deux années suivantes. Les hauts plateaux éthiopiens restant peu arrosés, le Nil Bleu n'aurait que très faiblement grossi, et le cours inférieur du Nil serait sagement resté dans son lit… Tout cela par la faute d'un volcan situé à l'autre bout du monde et dont tous les Égyptiens ignoraient jusqu'à l'existence. Quelle meilleure preuve que le monde entier était déjà interconnecté, il y a 2 000 ans de cela ?

Au Sahel, le climat fait et défait les civilisations !

Si même le Sahara est soumis à des variations climatiques sur le long terme, que dire du Sahel ! Située à peu près à mi-chemin entre le tropique du Cancer et l'équateur, cette zone de l'Afrique fait office de transition entre le climat tropical des régions les plus proches de l'équateur et celui, aride voire désertique, du Sahara. On y rencontre de nombreux types d'environnements – depuis le désert jusqu'à la savane – et de climats : aride, semi-aride, et même tropical par endroits. De nos jours, toutefois, l'aridité de la région a tendance à se renforcer, la saison sèche pouvant atteindre huit à neuf mois.

Mais si le Sahel est si particulier, c'est parce qu'il est soumis depuis des millénaires à des variations climatiques majeures et particulièrement fréquentes, qui semblent avoir exercé une grande influence sur l'essor et le déclin des civilisations africaines antérieures à la colonisation européenne.

En effet, si l'histoire du continent avant l'arrivée des Européens est encore très méconnue, l'Afrique a pourtant été le berceau de civilisations majeures, bien au-delà de l'Égypte et du Maghreb. C'est particulièrement vrai au Sahel, où se sont succédé de grands royaumes au cours de la période du Moyen Âge européen. Dans le territoire correspondant à l'actuel Mali et à la Mauritanie, par exemple, le puissant royaume de Ghana domine la région entre le VIIIe et le XIe siècle. C'est ensuite le royaume de Gao qui s'affirme comme la principale puissance dans la région, et cela pour plus d'un siècle, marqué par l'islamisation des souverains – alors que l'essentiel de la population demeure animiste. À partir du XIIIe siècle, enfin, on assiste au triomphe du royaume du Mali, qui rayonne alors sur une grande partie de l'Afrique occidentale.

Plus à l'est également, d'autres royaumes s'imposent, dont celui du Kanem et celui de Bornou autour du lac Tchad. Ces multiples civilisations n'ont rien de primitif : elles ont donné naissance à des sociétés complexes, à un vaste réseau commercial et à de véritables villes, dont certaines sont encore célèbres aujourd'hui pour leur patrimoine ancien, comme Djenné et Tombouctou. Fondant leur puissance sur l'or et les esclaves, qui sont exportés à destination du monde islamique, ces royaumes saháliens entretiennent des relations commerciales intenses avec l'Afrique du Nord et le Moyen-Orient, depuis lesquels ils importaient notamment des produits de luxe (soie, céramiques, porcelaine, perles...), dont certains provenaient de Chine.

Certes, ces civilisations sahéliennes ignoraient l'écriture, ainsi que certaines technologies comme la roue ou le tour de potier, mais elles étaient passées maîtresses dans l'art de la métallurgie : orfèvrerie, armes, statues en bronze témoignent de l'excellence des artistes et artisans sahéliens dès les plus hautes époques. Dans les grandes villes, caractérisées par une architecture en terre crue, sont érigés de grands édifices comme les célèbres mosquées de Djenné ou de Tombouctou, encore conservées aujourd'hui moyennant plusieurs reconstructions au fil des siècles. Dès le XIVe siècle, enfin, la ville de Tombouctou abrite l'université très réputée de Sankoré.

Mais rien de tout cela n'aurait été possible sans ressources agricoles suffisantes, et, sous cet aspect, le Sahel est tributaire du climat. Un climat capricieux dans cette région de l'Afrique, et cela depuis plusieurs millénaires, comme ont pu le constater les paléoclimatologues, qui se sont penchés notamment sur la région du delta intérieur du fleuve Niger, le cœur des grands royaumes de Ghana et du Mali. Leurs études ont montré que, depuis 3 millénaires, le climat a sans cesse oscillé entre aridité et humidité, et cela à un rythme de plus en plus soutenu. Aride jusqu'en 1500 avant J.-C., la région redevient alors attractive grâce à un climat humide. Les populations s'installent de façon pérenne, pratiquent l'agriculture et la métallurgie, s'organisent en agglomérations. Mais, à partir de l'an 300 de notre ère, le Sahel entre de nouveau dans une phase aride, qui devait durer 4 siècles. La région se vide alors de sa population, hormis sur les rives des fleuves. Vers l'an 700 débute une nouvelle phase humide, avec les mêmes effets que la précédente : explosion démographique, sédentarisation, développement de l'agriculture et de la métallurgie, urbanisation... Cette fois, ce changement climatique s'accompagne de l'émergence de grands royaumes, dont celui du Ghana, qui connaît alors son apogée et exerce son empire sur des populations vassales. La ville de Djenné témoigne de cet essor : elle s'agrandit et bénéficie d'un commerce florissant. Au XIIe siècle, toutefois, une nouvelle crise climatique se déclenche, peut-être accentuée par la déforestation et les défrichements liés à l'activité humaine. Cette sécheresse provoque des crises économiques et démographiques majeures, engendrant ainsi une instabilité politique qui met à mal la puissance du Ghana. Le royaume de Gao en profite pour s'imposer à son tour comme la puissance principale dans la région, malgré l'aridité. Mais un nouveau renversement se produit dès le XIVe siècle : alors que le climat de nouveau humide autorise une nouvelle poussée démographique, le royaume du Mali devient la nouvelle « superpuissance » sahélienne, au point de constituer un véritable empire. Véritable Crésus de l'Afrique médiévale, l'empereur Mansa Moussa éclabousse le monde islamique de sa richesse lorsqu'il fait son pèlerinage à La Mecque en 1324. Ce triomphe dure peu, car, dès le XVe siècle, le Sahel entre dans une nouvelle phase aride, qui vide de nouveau la région de sa population, au point que même la grande ville de Djenné est abandonnée. Le royaume du Mali est alors concurrencé par le royaume songhaï, qui existe depuis le VIIe siècle mais se trouve alors renforcé par des mouvements migratoires... dus eux aussi au climat ! À partir du XVIIIe siècle, enfin, le Sahel est soumis à une alternance de climats encore plus fréquente, au point que chaque siècle connaît une phase aride et une phase humide. Ces changements successifs semblent s'être encore accentués au cours du XXe siècle : à deux décennies humides dans les années 1950 et 1960 a succédé une sécheresse très marquée entre 1970 et 1990, avant le retour d'un climat de nouveau plus humide.

Parfois dénoncées comme des effets du réchauffement climatique, ces variations n'ont en réalité rien de nouveau au Sahel. Elles n'en sont pas moins extrêmement difficiles à vivre pour des populations qui peinent à s'adapter aux conséquences – sécheresses et inondations – de ces changements incessants.

Il est très important de distinguer ce qui relève des variations climatiques naturelles et ce qui est lié à l'activité humaine. Et si l'homme a accéléré ces variations tout en les renforçant, il n'en demeure pas moins que nous devons continuer de nous adapter.

La civilisation des Mochicas renversée par El Niño
(VIIᵉ siècle)

Contrairement à ce que son nom pourrait laisser penser, la civilisation moche – prononcez « motché » pour éviter toute confusion ! – compte parmi les plus brillantes de l'Amérique précolombienne. Elle s'est développée dans le nord du Pérou entre 100 et 600 de notre ère, donc plusieurs siècles avant la civilisation inca, à peu près au moment de l'essor puis de la chute de l'Empire romain en Europe. Contemporaine de celle des Mayas en Amérique centrale, la civilisation des Mochicas bénéficie d'une économie florissante, érige d'immenses pyramides et pratique un art raffiné, en particulier dans le domaine des céramiques, qui comptent parmi les plus belles de toute l'Amérique précolombienne. Mais alors, pourquoi a-t-elle disparu ? Tout simplement en raison d'un enfant : l'enfant terrible de la météorologie, le célèbre El Niño ! En effet, le phénomène climatique dont on parle tant de nos jours existait dès cette époque, et déjà les hommes avaient à subir ses caprices.

Remontons aux origines des Mochicas, qui tirent leur nom du río Moche, un fleuve de la cordillère des Andes, qui se jette dans l'océan Pacifique. Au début de notre ère, les Mochicas sont un groupe ethnique parmi d'autres, mais ils s'étendent progressivement en soumettant leurs voisins, jusqu'à régner sur un vaste ensemble territorial s'étirant sur 600 kilomètres le long de la côte pacifique. Organisée en plusieurs cités-États, la société des Mochicas semble très hiérarchisée : à l'intérieur de la cité défendue par des fortifications, les classes supérieures – guerriers et administrateurs – sont installées dans les quartiers autour des temples ; puis viennent les commerçants et les artisans ; enfin les pêcheurs et les paysans à la périphérie. Le peuple semble soumis à la corvée, car les millions de briques crues qui composent les pyramides portent la marque de chacun des contribuables. Au sommet de la hiérarchie, le seigneur est aussi le premier prêtre de la cité : il fait office d'intermédiaire entre les dieux et les hommes.

Car la religion tient une place essentielle chez les Mochicas. En témoignent deux immenses pyramides, parmi les plus grandes d'Amérique du Sud, toutes deux dans la vallée de la Moche : la Huaca de la Luna (« Temple de la Lune ») et la Huaca del Sol (« Temple du Soleil »), selon leurs appellations modernes. En réalité, les Mochicas ne vénèrent pas vraiment le Soleil comme les Incas, mais un dieu créateur, Ai-Apaec, ainsi qu'un dieu félin, et enfin des divinités correspondant à la mer, la lune et l'arc-en-ciel. Sans cesse agrandie au fil des siècles, la Huaca del Sol est la plus grande pyramide du Pérou : elle atteignait 50 mètres de hauteur, pour 340 mètres par 160 mètres à la base, et se composait de 130 millions de briques ! C'est là que les Mochicas pratiquaient des sacrifices humains, très présents dans leur religion comme dans toutes les civilisations préhispaniques : des fresques représentent le dieu créateur armé d'un couteau sacrificiel et brandissant une tête tranchée. Drogués à la coca, les sacrifiés étaient décapités, avant que le prêtre ne boive leur sang.

En contrepoint de ces pratiques qu'on jugerait quelque peu sanguinaires de nos jours, les Mochicas brillent par leur maîtrise de l'orfèvrerie – ils inventent un nouvel alliage d'or et de cuivre – et surtout de la céramique, dont les plus belles pièces s'enrichissent de motifs figurés représentant des scènes de la vie quotidienne, de sacrifices ou de combats. Cependant, tout cela ne serait rien si les Mochicas n'avaient pu subvenir à leurs besoins, grâce à une agriculture florissante. Pourtant, la région est peu hospitalière : le climat est aride l'essentiel de l'année.

Mais les Mochicas peuvent compter sur El Niño pour arranger tout ça ! En temps normal, en effet, la côte péruvienne est balayée par des alizés qui soufflent depuis le sud-est. Ces vents soutenus ont pour effet d'envoyer les eaux chaudes de surface vers l'ouest du Pacifique, permettant ainsi la remontée des eaux froides des profondeurs, lesquelles sont très riches en nutriments et permettent le développement du plancton et par ricochet des poissons… Ce qui garantit une pêche abondante. L'inconvénient, c'est que les alizés qui se forment sur la côte ne sont porteurs d'aucunes précipitations, de sorte que le climat reste aride sur les plaines côtières, au pied des Andes. Certaines années, toutefois, les vents s'inversent : ils soufflent depuis le nord-ouest et ne repoussent plus les eaux chaudes de surface du Pacifique. Ce réchauffement océanique provoque la raréfaction des poissons, ce qui nuit à la pêche. Mais, en contrepartie, la forte évaporation des eaux engendre des précipitations abondantes sur les côtes du Pérou, assurant alors de bonnes récoltes. Ce phénomène climatique, qui débute généralement autour de Noël, a été baptisé plus tard El Niño (l'Enfant), en référence à la Nativité. Grâce aux pluies d'El Niño, les Mochicas ont pu pratiquer l'agriculture, et ils ont su la pérenniser grâce à des systèmes d'irrigation : un réseau de 150 kilomètres de canaux et d'aqueducs reliait ainsi la vallée de la Moche aux contreforts des Andes, où l'hydrographie est plus généreuse. En outre, les Mochicas eurent la bonne idée de récolter le guano produit par les oiseaux côtiers pour enrichir leurs terres. Ainsi ont-ils pu cultiver du maïs, des haricots, des courges, des piments, des céréales, du coton, mais aussi du tabac et de la coca. Ils pratiquaient également l'élevage des lamas et des cuys, de gros rongeurs qui font office de lapins locaux. Bref, tout semble aller pour le mieux chez les Mochicas.

Alors, pourquoi ont-ils disparu ? À cause de notre enfant terrible, El Niño... À partir de 550 environ, le phénomène déclenche des tempêtes de sable : le sable de la côte océanique recouvre les champs et bouche les systèmes d'irrigation des Mochicas. Mais le pire était encore à venir : vers l'an 600, le phénomène El Niño s'intensifie. Les précipitations sont telles qu'elles déclenchent des crues catastrophiques du río Moche, qui engloutit tout et ravage les cultures. Pour ne rien arranger, les séismes deviennent alors très fréquents, comme le montrent de grandes fissures qui parcourent la Huaca del Sol. Mais tout cela ne provoque pas directement la fin de la civilisation moche, car les Mochicas sont résilients.

Cependant, pour apaiser les dieux, considérés comme responsables de toutes ces catastrophes naturelles, les prêtres semblent avoir organisé de plus en plus de sacrifices, jusqu'à déclencher la rébellion de la population, qui porte les Mochicas au bord de la guerre civile. Des catastrophes successives, des ressources en chute libre, une société en crise... Tout cela finit par avoir raison de la civilisation moche, qui finira par être remplacée par les cultures Sican et Chimu, lesquelles profiteront de l'apaisement d'El Niño.

Ce phénomène El Niño, mais également son pendant, La Niña, font l'objet d'études afin de déterminer si leurs effets se propagent au-delà de l'Amérique du Sud. Il est probable que certaines de leurs conséquences puissent se manifester également dans l'hémisphère Nord.

En ce qui concerne la connaissance du temps qu'il faisait au moment de la disparition de la civilisation moche, les données restent très incomplètes. Les évolutions évoquées restent donc des tendances. Il est fort probable que localement des régions aient pu connaître des caractéristiques différentes, notamment en montagne et au bord de la mer.

L'optimum climatique médiéval, un redoux salutaire (Xe-XIIIe siècle)

Si vous imaginez le Moyen Âge européen comme une période affreusement sombre, marquée par de terribles épidémies, des famines incessantes, des guerres interminables, où les gens grelottaient de froid et mouraient de faim, alors vous êtes victime d'une vision déformée et fantasmée, forgée par l'imaginaire romantique du XIXe siècle.

En réalité, la plupart de ces fléaux ne se sont abattus sur l'Europe qu'à la fin du Moyen Âge, à partir du milieu du XIVe siècle, époque à laquelle la Grande Peste ravage le continent. Avant cela, le Moyen Âge est une période plutôt prospère en Europe, particulièrement entre le XIe et le XIIIe siècle, qui correspondent à une période de croissance économique et démographique, mais aussi d'essor artistique et intellectuel. Bien sûr, il y a des guerres, mais à très petite échelle et sans que les populations en souffrent véritablement – la guerre est alors l'affaire de professionnels uniquement.

Un « beau Moyen Âge » en somme, au point que les historiens estiment qu'après le XIIIe siècle il faudra attendre presque 5 siècles avant que les populations européennes ne retrouvent des conditions de vie si favorables.

Mais alors pourquoi vit-on si bien au milieu du Moyen Âge, en comparaison des périodes voisines ? Grâce à la météo, naturellement ! Car, durant quelques siècles, l'Europe occidentale semble profiter de conditions climatiques plus clémentes qu'à l'habitude. Jusqu'aux environs de l'an 900, en effet, le climat européen semble assez rude, tandis qu'à partir du XIVe siècle le continent entre dans le « petit âge glaciaire » de l'époque moderne, marqué entre autres par des hivers longs et glaciaux. Mais, entre les deux, il semble que l'Europe ait connu une période plutôt agréable, avec un climat tempéré, caractérisé par des hivers relativement doux et des étés ensoleillés… L'idéal pour l'agriculture ! Or, cela tombe bien, le Moyen Âge central est justement la période des grands défrichements et des assèchements de marais : partout, de nouvelles surfaces cultivables apparaissent. En outre, les techniques s'améliorent un peu : la charrue remplace l'araire, les chevaux sont ferrés, les outils se perfectionnent… Bref, la production agricole augmente, ce qui permet de nourrir les populations et de soutenir la progression démographique qu'on observe alors. Pour ne rien gâcher, et puisqu'il faut bien arroser un peu les repas, la culture de la vigne progresse également dans de nombreuses régions… et même jusqu'en Angleterre, preuve que le climat se radoucit de façon étonnante !

Mais au fait, comment peut-on avoir une idée des températures de l'époque, alors qu'on ne dispose d'aucun relevé météorologique pour cette période, où même le thermomètre n'existait pas encore ? Pour connaître le climat du Moyen Âge, les historiens s'appuient sur différents indices présents dans les chroniques du temps, où l'on mentionne souvent les bonnes récoltes, les hivers très rudes, ou encore les étés pourris qui gâtent les moissons et engendrent des famines. Surtout, ils font appel à des témoins directs de l'époque : les cernes des arbres présents dans les bois de construction, qui sont comme un reflet du climat de l'époque. Si les cernes sont très serrés, cela signifie que l'hiver a été très long et rude. Tous ces indices montrent que, si l'on observe globalement une certaine douceur, comparable à celle du XXe siècle, le climat médiéval a connu des hauts et des bas.

Ainsi sait-on que le début du XIe siècle est très arrosé, ce qui engendre de nombreuses inondations et des récoltes souvent gâtées. Les choses s'arrangent vers la fin du siècle, où les étés sont agréables et propices à de bonnes récoltes. Une humidité excessive et des hivers froids perturbent de nouveau les décennies suivantes, mais tout change vers la fin du XIIe siècle : les températures grimpent en flèche ! Les étés sont beaux, les printemps raisonnablement arrosés, et les hivers plutôt doux en général. Un climat particulièrement favorable à de bonnes récoltes. Signe d'un réchauffement très net, le col du Saint-Gothard, entre Zurich et Milan, est ouvert à la circulation dans les années 1220, alors qu'il était pris par les glaces jusqu'ici. L'agriculture en plein essor permet à tout le monde de manger à sa faim, et même de dégager des excédents, dont profite l'économie marchande. Le commerce international est florissant. Jusqu'ici réduites à de minuscules agglomérations, les villes prennent leur envol et plusieurs d'entre elles (Paris, Florence et Venise) dépassent le cap des 100 000 habitants au cours du XIIIe siècle. Les universités poussent comme des champignons, et la littérature gagne ses premières lettres de noblesse avec les romans de chevalerie. Enfin et surtout, signe de l'essor de toute une société, c'est à ce moment qu'on érige les grandes cathédrales gothiques, sommets de technicité et de beauté, qui forcent encore notre admiration aujourd'hui.

Bien sûr, la météo favorable qui règne alors n'explique pas tout : le Moyen Âge central profite aussi des progrès technologiques et d'une situation politique de plus en plus stable, avec le recul de la féodalité. Mais dans une société fondamentalement rurale et agricole, le rôle du climat ne doit pas être sous-estimé, et la suite des événements allait d'ailleurs en fournir une confirmation éclatante.

Car toutes les bonnes choses ont une fin : dès le début du XIVe siècle, l'Europe est touchée par une nette baisse des températures. C'est le début du « petit âge glaciaire » qui devait durer plus de 4 siècles. Les hivers glaciaux font leur grand retour, de même que les inondations. Et avec eux, on assiste au retour en force des famines et des épidémies à répétition. C'est la fin d'un Moyen Âge « heureux », du moins au regard de la dureté des temps. Dès 1347, d'ailleurs, l'Europe allait voir s'abattre sur elle le plus terrible fléau qu'elle ait jamais connu : la Grande Peste, qui tue presque la moitié de la population en seulement deux années. Cette fois, me direz-vous, la météo n'y est pour rien... Détrompez-vous, car les hivers très rudes et la pluviosité excessive des années 1340 pourraient avoir favorisé l'apparition de la peste pulmonaire, encore plus meurtrière que la peste bubonique !

Au Groenland, des Vikings frileux ?
(X^e^-XVe siècle)

Des Scandinaves chassés par le froid ? Cela peut paraître étonnant, et pourtant c'est bien ce qui pourrait être arrivé aux Vikings du Groenland à la fin du Moyen Âge ! Durant 5 siècles, en effet, des Vikings d'origine scandinave ont profité du redoux climatique pour s'installer dans le sud du Groenland. Mais, lorsque le temps se met à fraîchir, au XVe siècle, ils disparaissent subitement. Alors, ont-ils été victimes du froid et du changement climatique ? Peut-être, mais pas forcément de la façon dont on pourrait le penser au premier abord… Au fait, comment les Vikings se sont-ils retrouvés au Groenland, à presque 3 000 kilomètres de la Scandinavie ? On sait qu'ils étaient les meilleurs navigateurs de l'époque, mais tout de même, il y avait un océan à traverser !

Remontons au commencement. Au IXe siècle, les Vikings issus de Scandinavie occupent déjà les îles Féroé, cet archipel isolé à 400 kilomètres au nord de l'Écosse. C'est alors sans doute par hasard que des marins égarés découvrent l'existence – à encore 500 kilomètres au nord-ouest – de l'Islande, une île jusqu'ici inconnue de l'Homme. Des Vikings s'y installent à partir de 870 environ, la plupart pour fuir le nouveau pouvoir royal qui s'impose alors en Norvège. Pratiquant l'agriculture et l'élevage, ils y fondent un peuplement pérenne – et bouleversent au passage l'écosystème de l'île, où les seuls mammifères présents jusqu'ici étaient des renards polaires et de petits rongeurs ! Enfin, les Vikings islandais continuent de naviguer, en profitant du climat de l'époque, qui rendait la navigation dans les mers nordiques plus facile qu'aujourd'hui. Ces excellents marins découvrent donc rapidement l'existence, à seulement 300 kilomètres au large de l'Islande, d'une île beaucoup plus vaste, et elle aussi inconnue jusqu'ici, qu'on n'appelle pas encore le Groenland.

Il faudra toutefois attendre les années 980 pour que les Vikings se décident à s'installer dans cette nouvelle contrée lointaine. À l'origine de cette colonisation, il y a un homme au tempérament sanguin : un certain Erik le Rouge. Son père avait été banni de Norvège – et donc contraint de s'installer en Islande – pour avoir commis un meurtre. Tel père, tel fils : Erik est à son tour banni d'Islande, pour une banale dispute de voisinage qui a mal tourné… Le voisin en question ayant fini assassiné ! Erik le Rouge a-t-il estimé que, pour être sûr de ne pas tuer son voisin, le meilleur moyen était de n'en avoir aucun ? En tout cas, notre homme profite de son exil pour explorer les côtes de cette nouvelle terre découverte à l'ouest, et dont le littoral regorge de fjords profonds.

Lorsqu'il revient en Islande au bout de 3 ans, il met tout en œuvre pour organiser la colonisation de ce nouveau monde avant la lettre... Un monde qu'il baptise du nom de *Grønland*, « terre verte » en danois. La terre verte, ce désert blanc et glacé qu'est le Groenland ? Oui ! Car, à la faveur de l'optimum climatique médiéval, qui débute plus tôt dans cette partie du monde, le pays est alors couvert de vertes prairies ! Du moins sur son littoral, et particulièrement sur sa côte ouest. Bien sûr, ce n'est pas exactement le climat de Miami ou de Naples : nous sommes tout de même à hauteur du cercle polaire... La météo est donc rude, particulièrement l'hiver, mais beaucoup moins qu'aujourd'hui. En tout cas, pas assez pour effrayer des Vikings ! Et avec ce nom évocateur de « pays vert », Erik le Rouge espère susciter des vocations.

En 986, c'est donc à la tête d'une flotte de 30 navires qu'il s'élance vers cette terre nouvelle, jusqu'ici délaissée par les hommes. Les Vikings s'installent dans des fjords de la côte ouest, où ils fondent de petites exploitations agricoles disséminées. Les premiers colons ne sont que quelques centaines, mais ils sont bientôt rejoints par d'autres, attirés par ces nouvelles terres à prendre. Finalement, la colonie comptera jusqu'à 5 000 habitants, ce qui n'est pas rien quand on sait que la population actuelle de l'ensemble du Groenland est de seulement 56 000 habitants. Le climat de l'époque permet aux Vikings groenlandais de pratiquer l'agriculture et l'élevage, ainsi que la chasse : chasse au renne et au phoque pour se nourrir, mais surtout chasse au morse, dont les défenses en ivoire constituent alors un produit de luxe très recherché en Europe, source d'un commerce lucratif. En contrepartie, les habitants du Groenland restent dépendants des importations pour certains produits indispensables, à commencer par le bois, car il n'existe quasiment pas d'arbres sur l'île. Le fer et le goudron sont aussi des produits indispensables, qu'on ne peut se procurer que grâce aux échanges avec l'Islande et la Scandinavie. Enfin, comme à leur habitude, les Vikings du Groenland feront aussi quelques petites excursions dans les environs… jusque sur la côte du Canada actuel, faisant d'eux les premiers Européens à poser le pied en Amérique.

Preuve qu'elle n'avait rien d'un feu de paille, la colonie du Groenland reste active durant 4 siècles au moins, mais, vers le milieu du XVe siècle, elle semble disparaître brutalement. Pourquoi ? Tous les regards se tournent vers le climat, car, dès le milieu du XIIIe siècle, et avec un peu d'avance sur l'Europe, un net refroidissement s'observe au Groenland, qui va (re)devenir peu à peu le royaume de glaces qu'on connaît aujourd'hui. Alors, les Vikings ont-ils eu trop froid ? D'une certaine manière oui, car il est probable que le refroidissement – mais surtout la sécheresse qui l'accompagne dans un premier temps – a fait chuter la production de fourrage, sans lequel l'élevage est impossible en hiver. Cependant, d'autres problèmes ont peut-être pesé encore plus dans la balance. En raison d'une chasse excessive durant plusieurs siècles, l'ivoire de morse devient de plus en plus difficile à trouver : c'est une importante source de revenu qui se tarit pour les Vikings du Groenland. En outre, avec le refroidissement climatique, les conditions de navigation dans les mers nordiques deviennent beaucoup plus difficiles : les tempêtes sont plus fréquentes et s'accompagnent du grand retour des icebergs. Bientôt, les traversées de l'Atlantique nord deviennent presque impossibles, or ces échanges étaient vitaux pour les colonies du Groenland, qui ne pouvaient survivre sans certaines matières premières importées. Enfin, le refroidissement a également fait venir au Groenland d'autres groupes humains : les Inuits. Arrivés vers 1250 dans le nord de l'île, ils rencontrent les Vikings au début du XIVe siècle. On ignore quels furent leurs rapports, mais les Inuits, excellents chasseurs, viennent concurrencer les Vikings sur leur terrain. Contrairement à ces derniers, d'ailleurs, les Inuits n'ont pas besoin de bois pour vivre et connaissent les techniques de pêche à travers la glace. Ils étaient donc beaucoup mieux armés face au climat glacial qui s'installe au Groenland. Comprenant qu'ils ne pourraient survivre dans ces conditions, les Vikings n'ont sans doute pas attendu de mourir de faim ou de geler sur place : tout laisse penser qu'ils ont quitté peu à peu la colonie pour s'installer en Islande ou en Scandinavie. Faute d'avoir su s'adapter à leur environnement et au changement climatique.

La notion d'échelle est importante. Jadis, la conquête de territoires se faisait à quelques milliers voire quelques dizaines de milliers de personnes. Nous étions des centaines de millions d'habitants sur la Terre, pas plus. Tout déplacement ou toute installation avait beaucoup moins d'impacts sur l'environnement qu'aujourd'hui. La démographie est désormais telle que les voyages touristiques deviennent parfois de véritables fléaux pour le milieu naturel, la biodiversité et les paysages.

Les vents « kamikazes » sauvent le Japon (1280)

Si le Japon tient une place si particulière dans notre monde actuel, c'est en raison de sa civilisation millénaire, aux traditions immuables que les Japonais s'efforcent de perpétuer encore aujourd'hui, malgré l'invasion de la modernité. Cette civilisation si raffinée, le Japon la doit en partie au fait de n'avoir jamais été envahi par un ennemi extérieur depuis 1 500 ans.

Mais tout aurait pu être différent si le vent n'avait pas soufflé en tempête, un jour de l'été 1281… En effet, le Japon était alors aux prises avec la plus grande armée d'invasion qui l'ait jamais menacé : celle du grand empereur mongol Kubilay Khan, petit-fils de Gengis Khan. Kubilay se trouve alors à la tête du plus vaste empire que le monde ait jamais connu : 36 millions de kilomètres carrés, depuis l'océan Pacifique jusqu'à la mer Méditerranée ! Vous l'aurez compris, les Mongols sont alors à l'apogée de leur puissance. Dans les années 1260, ils venaient d'ailleurs de s'emparer de la Corée, et seul le sud de la Chine résiste encore à Kubilay Khan. Pour un pouvoir fondé sur les conquêtes territoriales, le mouvement naturel était donc de pousser encore plus loin à l'est : vers le Japon.

Dès 1266, des émissaires mongols en visite au Japon demandent donc tout simplement au pays de se soumettre ! À l'époque, le pouvoir japonais est partagé entre deux entités : l'empereur, qui se trouve à Kyoto, et le shogunat – un gouvernement militaire féodal qui détient l'essentiel du pouvoir effectif –, siégeant à Kamakura. Face à la toute-puissance mongole, la cour impériale envisage déjà de se soumettre pour éviter une invasion, mais les samouraïs du shogunat refusent fermement, à commencer par le shikken Hojo Tokimune, bien déterminé à résister coûte que coûte. Puisque demander poliment reste sans effet, les Mongols se décident à mettre leurs menaces à exécution… le temps pour eux de construire une flotte en Corée.

À l'automne 1274, ce sont donc quelque 23 000 soldats mongols, coréens et chinois qui embarquent dans 700 navires et traversent le bras de mer qui sépare la Corée du Japon. Après s'être emparée facilement de quelques îles, la flotte d'invasion se dirige vers la baie de Hakata, où se trouve aujourd'hui la ville de Fukuoka. Les Japonais n'ayant pas de flotte digne de ce nom, ils n'ont pas le choix : il faut attendre que l'ennemi débarque pour l'affronter, ce qui est fait le 19 novembre. Le lendemain, lors de bataille de la baie de Hakata, les samouraïs japonais – sous les ordres de Hojo Tokimune – se défendent avec vaillance et infligent de lourdes pertes à une armée mongole pourtant supérieure sur le papier. Le lendemain, les Japonais ont la surprise de constater que la flotte d'invasion a disparu, sans explication. Les Mongols semblent avoir abandonné leur projet en raison de dissensions internes. Mais ce n'était que partie remise : les Mongols réitèrent l'opération en 1281. Entre-temps, Kubilay Khan a renversé la dynastie des Song et s'est emparé de la Chine méridionale. Là, il peut lever une immense armée et une flotte gigantesque : 150 000 hommes à bord de plus de 3 000 embarcations ! À cela s'ajoute la flotte de Corée, qui compte 40 000 hommes et 900 vaisseaux. Au Japon, on renforce les fortifications côtières, mais, face à une telle masse de soldats, il est probable que ces efforts resteront vains. Cela n'empêche pas Hojo Tokimune, toujours aussi peu diplomate, de refuser avec virulence les demandes de soumission qu'il reçoit de la part des Mongols : désormais, les émissaires adverses sont décapités sur place !

La situation n'en est pas moins désespérée pour le Japon. Déjà, tandis que l'armée chinoise doit encore terminer ses préparatifs, la flotte coréenne prend la mer. Elle arrive au Japon à la fin du mois de juin 1281 et s'empare de plusieurs îles. Sur celle de Shikanoshima, toutefois, les Japonais parviennent à repousser les envahisseurs, qui se replient près de Hakata. Toujours dépourvus de flotte de guerre, les Japonais parviennent toutefois à harceler la flotte mongole. Le procédé est toujours le même : de nuit, de petites embarcations gorgées de samouraïs s'approchent discrètement des navires mongols, passent à l'abordage et massacrent autant d'ennemis que possible à l'intérieur, avant de mettre le feu au vaisseau. Évidemment, il en faudrait plus pour venir à bout d'une flotte de plusieurs centaines de navires, mais c'est suffisant pour obliger la flotte coréenne à se replier plus loin. Pour repasser à l'offensive, il faudra attendre l'arrivée de la flotte chinoise de 3 000 navires… Celle-ci arrive à partir du 16 juillet, mais elle est si grande qu'il faudra attendre jusqu'au 12 août pour qu'elle soit au complet !

Derrière leurs fortifications, les Japonais sont prêts à offrir une résistance désespérée, en sachant que cela ne suffira pas face au nombre et à la science guerrière des Mongols. C'est alors que les Japonais vont être sauvés par la Providence… ou plus exactement la météo ! Le 15 août, alors que l'immense armée mongole se prépare à débarquer, le temps change brutalement. Un typhon s'apprête à balayer les côtes japonaises. Un phénomène qui n'a rien de rare dans la région, particulièrement en été : les mois d'août et de septembre sont les plus propices aux typhons. Ceux-ci naissent en effet dans le Pacifique, dont les eaux sont particulièrement chaudes en cette fin d'été. Lorsqu'une dépression se forme, les masses d'air ascendantes transportent l'humidité en haute altitude, où elles refroidissent rapidement et retombent vers le sol, déclenchant des pluies diluviennes. La force de Coriolis – liée à la rotation de la Terre sur elle-même – entraîne la rotation du système dépressionnaire, qui s'accompagne de vents très violents : le typhon se forme alors autour de son œil. Souvent, les typhons qui se forment dans le Pacifique nord ont tendance à remonter en direction de la Corée et du Japon, qui sont donc en première ligne face à ces monstres météorologiques.

On ignore quelle est l'intensité exacte du typhon qui frappe le Japon du 15 au 17 août, mais son effet sur la flotte mongole est dévastateur : des milliers de navires sont détruits, et avec eux des dizaines de milliers de soldats meurent noyés. Ceux qui parviennent à atteindre les côtes sont achevés par les samouraïs. Le désastre est tel que les chroniques affirment qu'on peut aller d'une île à une autre en marchant sur les débris ! Il faut dire que la flotte mongole se composait avant tout de bateaux fluviaux à fond plat, dépourvus de quille, de sorte qu'ils pouvaient facilement chavirer.

En tout cas, le typhon renverse le cours de l'Histoire, car Kubilay Khan doit renoncer à l'invasion du Japon. Il envisagera bien de revenir quelques années plus tard, mais sera alors détourné de son but par des rébellions en Chine. Le typhon du 15 août 1281 a donc sauvé le Japon. Les Japonais remercient leurs dieux et baptisent ce typhon « Kamikaze », c'est-à-dire « vent divin ».

Je rappelle que les cyclones (typhons ou ouragans suivant la zone géographique) sont un mal nécessaire à l'équilibre thermique qui existe sur Terre et permet à la vie de se développer. Les cyclones évacuent ainsi en partie, vers le nord ou vers le sud, l'excédent d'énergie apporté par le Soleil au niveau de l'équateur.

Une sécheresse planétaire oubliée (1877)

C'est sans doute la pire catastrophe météorologique de l'histoire récente : elle est responsable de la mort de 50 millions de personnes ! Et pourtant, sans doute parce qu'elle n'a pas touché le monde occidental, la grande sécheresse de 1876-1878 est presque tombée dans l'oubli. Catastrophe « mondialisée », elle a touché 4 continents de façon quasi simultanée et résulte de phénomènes atmosphériques complexes et probablement interdépendants.

Cette aridité exceptionnelle à l'échelle mondiale culmine en 1877, date à laquelle l'Inde connaît la pire sécheresse de son histoire. Dans ce pays, comme dans plusieurs régions d'Asie orientale, l'agriculture dépend étroitement de la mousson, qui arrose le pays de pluies diluviennes en été et en automne. Mais, dans certaines régions de l'Inde, la mousson d'été ne s'était pas produite en 1876. On avait alors compté sur la mousson d'automne, mais elle avait fait défaut également.

L'Inde comptant alors déjà quelque 250 millions de bouches à nourrir, la famine débute, mais on parvient alors à compenser grâce aux récoltes issues de régions moins touchées. La situation ne devient vraiment catastrophique que l'année suivante, lorsque, de nouveau, l'Inde doit faire face à l'absence de mousson.

Au même moment, une sécheresse similaire frappe plusieurs régions du monde soumises à un régime de saison humide similaire : le nord-est de la Chine, l'ouest de l'Australie, le sud de l'Afrique, l'Éthiopie, le nord-est du Brésil, le Mexique et même le Maghreb. Dans toutes ces régions, comme en Inde, les cultures sont en grande partie dépendantes de ces fortes pluies de la saison humide, de sorte que la sécheresse entraîne une chute dramatique de la production, rapidement suivie d'une famine. Au Brésil, le bétail meurt en masse faute de nourriture. Dans le nord de la Chine, les paysans en sont réduits à manger les toits de leurs maisons, en tiges de sorgho. Le bilan est catastrophique : on dénombre entre 6 et 10 millions de morts en Inde, entre 10 et 20 millions en Chine, au moins 500 000 au Brésil… Les statistiques restent imprécises, mais le bilan global de la catastrophe est évalué à environ 50 millions de morts, soit à peu près autant que la Seconde Guerre mondiale, le conflit le plus meurtrier de l'Histoire.

Derrière ces chiffres arides se cache une réalité insoutenable : celle d'hommes, de femmes et d'enfants réduits à l'état de squelettes vivants, devenus incapables du moindre mouvement, en attendant que la mort les emporte. La responsable de cette catastrophe est toute trouvée : c'est évidemment la météo, et plus précisément l'absence de mousson ou de saison humide dans les différentes régions touchées.

Mais pourquoi une telle absence de précipitations, notamment en Inde, où la mousson est pourtant un phénomène quasiment immuable, variant seulement en intensité et en durée ? Pour le comprendre, il faut d'abord savoir que la mousson est un phénomène saisonnier lié à la zone de convergence intertropicale, la ZCIT pour les intimes. Autour de l'équateur, le rayonnement solaire plus fort fait que l'air se réchauffe plus vite. En montant dans l'atmosphère, il crée en surface une zone dépressionnaire, vers laquelle les vents ont tendance à converger : c'est la ZCIT. Or, en fonction de l'incidence du Soleil, la position de la zone de convergence varie sensiblement au cours de l'année : en hiver, elle se trouve au niveau du tropique du Capricorne, dans l'hémisphère Sud. Sur l'Inde, le vent souffle alors du nord-est, où il apporte de l'air sec d'origine continentale. Mais en été, la ZCIT migre vers le nord jusqu'à atteindre l'Himalaya. Les vents qui soufflent sur l'Inde viennent alors du sud-ouest.

L'océan Indien étant très chaud à cette période de l'année, ces vents sont chargés d'humidité et apportent des précipitations intenses sur le sous-continent indien. Lorsqu'il arrive au contact de l'Himalaya, l'air monte en altitude et se recharge en humidité, avant de repasser une seconde fois sur l'Inde à l'automne – dans l'autre sens cette fois – pour l'arroser de nouveau.

Mais la mousson indienne est liée à la circulation océanique globale. Elle est sensible notamment au phénomène El Niño : lorsque El Niño se déclenche, les gigantesques masses d'eau chaude du Pacifique ouest, qui alimentent aussi le nord de l'océan Indien, s'éloignent de l'Asie, où la saison des pluies sera plus sèche, notamment dans le nord de la Chine mais aussi en Inde. Or, les années 1877 et 1878 sont marquées par un phénomène El Niño d'une très forte intensité et d'une durée exceptionnelle, qui a provoqué ce qui fut sans doute la sécheresse la plus sévère connue par l'Asie depuis 800 ans au moins. Mais El Niño n'est pas le seul dans l'équation. La sécheresse indienne est aussi due en partie au dipôle de l'océan Indien, c'est-à-dire le contraste de température entre la partie ouest et la partie est de l'océan Indien. Si ce dipôle est en phase positive, c'est-à-dire que les eaux sont chaudes à l'ouest et relativement fraîches à l'est, alors les pluies seront moins abondantes dans pratiquement toutes les régions voisines de l'océan Indien. Et c'est encore pire si le phénomène se conjugue avec El Niño...

Or, en 1877, le dipôle de l'océan Indien est soumis à un phénomène positif d'une intensité rare, ce qui a provoqué ou accentué l'absence de pluies en Inde, en Asie orientale, en Indonésie, dans l'ouest de l'Australie, mais aussi sur le sud de l'Afrique et en Éthiopie. Enfin, même l'océan Atlantique a été de la partie ! En 1877, en effet, les eaux de l'Atlantique nord sont plus chaudes que jamais, ce qui a détourné au nord les vents porteurs d'humidité qui arrosent habituellement le nord-est du Brésil. Le même phénomène semble aussi responsable de la sécheresse qui s'abat alors sur le Mexique, ainsi que sur le Maghreb.

On assiste donc cette année-là à la conjonction dramatique de plusieurs phénomènes exceptionnels, sur presque tous les océans du monde : un El Niño intense et durable dans le Pacifique, de très forts contrastes thermiques dans l'océan Indien, et enfin une chaleur exceptionnelle dans l'Atlantique nord. Tous ces éléments influent profondément sur la saison des pluies de nombreux pays bordant les océans en question, et sont donc responsables de la sécheresse et de la famine qui sévit alors sur au moins trois continents. Est-ce une simple coïncidence, que ces trois événements exceptionnels se soient produits au même moment dans trois océans différents ? Les scientifiques n'ont pas de certitude à ce sujet, mais ils soupçonnent El Niño d'être à l'origine – ou au moins de les avoir renforcés – des deux autres phénomènes, ce qui montrerait alors à quel point le monde entier a toujours été interconnecté dès lors qu'il s'agit du climat. La terrible famine qui sévit alors dans plusieurs régions du monde n'est pas restée sans conséquences politiques : en Inde particulièrement, la mauvaise gestion de la crise par le pouvoir colonial britannique – qui a délibérément laissé mourir des millions d'Indiens pour continuer les exportations de céréales vers la Grande-Bretagne – a favorisé l'émergence du mouvement nationaliste. Ailleurs, la sécheresse a provoqué des migrations massives. Dans le Nord-Est brésilien, les éleveurs de bétail ruinés ont rejoint les côtes ou se sont réfugiés dans la forêt amazonienne. En Chine, des dizaines de millions de personnes ont fui les régions sinistrées, en direction du sud. Enfin, d'après certains historiens, la sécheresse et la famine de 1877 auraient eu un impact démographique et économique si dévastateur qu'elles auraient contribué à l'émergence du tiers-monde.

QUATRIÈME PARTIE

Quand la météo fait bouger les frontières

Un vent d'été sauve les Grecs à Salamine (480 av. J.-C.)

La Grèce, c'est aujourd'hui une destination de rêve pour les vacanciers avides de soleil, d'eaux azur… et de chaleur ! Car, en été, les températures maximales restent généralement supérieures à 30 °C durant deux mois et demi sans interruption. Toutefois, cette chaleur est parfois rendue plus supportable par l'étésien. Un habitant de la région ? En quelque sorte, car l'étésien – ou meltemi – est un vent du nord qui souffle périodiquement sur les Cyclades, plusieurs jours durant mais pendant la journée uniquement. Juste ce qu'il faut pour rafraîchir des touristes brûlés par le soleil. Mais, il y a 2 500 ans, l'étésien a joué un tout autre rôle : il a contribué à sauver toute la civilisation grecque, rien de moins.

En 480 avant J.-C., la Grèce attirait déjà les étrangers, à ceci près que ceux-ci ne venaient pas en touristes, mais en ennemis et en conquérants. Ces envahisseurs, ce sont les Perses, alors à la tête d'un des plus vastes empires de l'Histoire. Dirigés par le roi Xerxès, ces invités encombrants se présentent en Grèce avec une armée de 250 000 guerriers. Ils n'en sont d'ailleurs pas à leur coup d'essai : en 490 avant J.-C. déjà, les troupes de Darius – le père de Xerxès – avaient été repoussées à la bataille de Marathon. Dix ans plus tard, c'est donc son fils qui reprend le flambeau et s'apprête à envahir les cités grecques à la tête d'une armée d'une ampleur jamais vue – si vaste, dit la légende, que les soldats auraient asséché un fleuve en étanchant leur soif ! Face à un tel déploiement de force, certaines cités-États grecques ont déjà fait leur soumission à l'envahisseur, mais les plus puissantes – à commencer par Athènes – s'allient pour résister. À leur tête, l'Athénien Thémistocle a convaincu ses compatriotes de construire une impressionnante flotte de guerre, qu'il commandera lui-même, pour affronter l'ennemi. Une précaution utile, car déjà l'armée perse a débarqué sur le sol grec, accompagnée d'une immense flotte sur les mers.

Les deux progressent bientôt à pas de géant vers Athènes et l'Attique. Les Grecs ont bien essayé de tendre une embuscade aux Perses dans le défilé des Thermopyles, mais ils ont été trahis et, sans le sacrifice des Spartiates, les conséquences auraient pu être pires encore. L'armée perse fond sur Athènes, dont les habitants ont déjà fui. L'Attique est sacrifié : il reste à sauver la péninsule du Péloponnèse. Sur terre, la défense est facile : il suffit de barrer l'étroit isthme de Corinthe par un mur fortifié. Mais cela ne sert à rien si la flotte de Xerxès reste toute-puissante sur les flots : les Perses pourront se servir de leurs navires pour contourner l'obstacle et faire passer leurs troupes. Pour que la défense soit efficace, il faut donc porter un coup fatal à la flotte ennemie.

Fort de son expérience, Thémistocle comprend qu'il vaut mieux éviter une bataille en pleine mer, où l'immense flotte perse pourra se déployer et encercler les Grecs. Son idée est d'attirer les Perses dans un détroit, où l'exiguïté des lieux rétablira l'équilibre. Il n'a pas à chercher bien loin : juste devant le Pirée – le port d'Athènes – se trouve un détroit de seulement 2 kilomètres de largeur entre la côte et l'île de Salamine. Mais comment y attirer les navires perses ? Thémistocle prend le risque d'y faire stationner sa propre flotte, de façon que Xerxès fasse venir la sienne à proximité pour le surveiller. Mais la flotte perse ne s'engage pas dans le détroit. Et avant que la météo ne joue son rôle, il faudra d'abord que Thémistocle utilise la ruse.

Un soir, il envoie chez les Perses un émissaire, pour leur faire croire que les Grecs, découragés, tentent de se mettre d'accord pour fuir le détroit… Ce qui est d'ailleurs à moitié vrai, même si en réalité Thémistocle est parvenu à convaincre ses alliés de combattre. L'émissaire ajoute que les Perses n'auront qu'à surveiller le détroit pour cueillir les fuyards. Si Thémistocle lui fait ajouter ces quelques mots, c'est parce qu'il sait que Xerxès va se méfier, et qu'il ne suivra pas ses conseils à la lettre. Comptant sur la désunion des Grecs, qui devrait lui assurer une victoire facile, la flotte perse pénètre donc dans le détroit de Salamine au petit jour.

Une flotte immense de plusieurs centaines – voire un millier – de navires s'engage alors dans un espace très réduit : seulement 1,5 kilomètre de largeur au plus étroit. Ce n'est pas forcément un problème, si l'on reste bien organisé. Mais c'est alors que la météo va jouer tout son rôle ! Thémistocle sait qu'à cette époque de l'année le vent étésien peut souffler dès le matin, et qu'il va se renforcer au cours de la journée. De ce vent du nord, on dit qu'il est envoyé par Zeus pour rafraîchir l'atmosphère. En réalité, il est provoqué par la présence conjointe d'une masse d'air à haute pression sur les Balkans, et d'une masse d'air à basse pression sur l'Anatolie, lesquelles tourbillonnent en sens contraire : dans le sens des aiguilles d'une montre autour de l'anticyclone ; dans le sens inverse autour de la dépression. Les vents issus des deux masses d'air convergent alors au niveau de la mer Égée, où ils soufflent fortement depuis le nord. Ces vents étésiens peuvent atteindre jusqu'à 9 ou 10 Beaufort, surtout dans les détroits entre les îles, où il s'engouffre et se renforce. Ils constituent un véritable danger pour les marins, car ils ont pour effet de déclencher une forte houle, même par temps clair. Ce qui avantage les Grecs.

En effet, les navires des Athéniens sont à la fois plus lourds et moins élevés que ceux des Perses, ce qui les rend plus stables face à la houle et au vent. Au contraire, les navires perses ont beaucoup de mal à manœuvrer dans ces conditions, d'autant plus qu'ils se gênent les uns les autres dans le détroit de Salamine. Thémistocle l'a bien compris : il fait mine de commencer à fuir, de façon à pousser les Perses à s'engager toujours plus dans le détroit. Bientôt, leurs navires sont si nombreux, et si bien handicapés par la houle et le vent, qu'ils sont totalement désorganisés. C'est alors que la flotte grecque fait demi-tour pour fondre sur l'ennemi ! De nombreux navires sont éperonnés et l'amiral perse Ariabignès, le demi-frère de Xerxès, est tué. Bientôt, le désordre dans la flotte perse est tel que certains navires s'échouent sur la côte. Poursuivant leur effort, les Grecs parviennent à enfoncer le centre perse, divisant ainsi en deux la flotte ennemie. Pour les Perses, la déroute est totale : plusieurs centaines de navires sont perdus. Au soir de la bataille, la mer est couverte de débris, tandis que sur les côtes sont rejetés des milliers de cadavres.

Pour Xerxès, qui a assisté au désastre depuis une montagne voisine, c'est une humiliation et une perte immenses : l'armée perse est désormais amputée. L'échec est tel que les Perses se retirent de l'Attique. Les Grecs devront encore les combattre durant deux années avant qu'ils ne renoncent définitivement, mais, de l'avis de tous les historiens, la bataille de Salamine a été décisive : les Grecs y jouaient leur destin, et, s'ils avaient été vaincus, rien n'aurait arrêté Xerxès. La Grèce serait tombée sous le joug perse, et il est probable que le destin de l'Occident tout entier en aurait été changé, car c'est en grande partie sur la civilisation grecque que s'est construite la culture occidentale. L'Europe doit donc une fière chandelle aux vents étésiens, qui ont bien aidé le brillant Thémistocle !

Il est probable que les marins les plus aguerris avaient déjà compris les notions de brise, d'effets orographiques ou de vents catabatiques. Leur grande connaissance des lieux pouvait leur donner un avantage décisif dans des navigations guerrières.

En Inde, la pluie écrit la légende d'Alexandre le Grand
(326 av. J.-C.)

Plus de 2 300 ans après sa mort, son nom résonne encore dans l'Histoire comme celui de l'un des plus grands conquérants que le monde ait connus. Roi à vingt ans d'un petit royaume au nord de la Grèce, Alexandre le Grand est parvenu à conquérir l'immense empire des Perses achéménides, véritable superpuissance mondiale de l'époque, en seulement quelques années. Génie stratégique sur les champs de bataille, leader charismatique, organisateur brillant, il crée le plus vaste empire du monde de l'époque, à cheval sur trois continents : l'Europe, l'Afrique et l'Asie.

Depuis les rives du Nil jusqu'aux contreforts de l'Himalaya, en passant par Babylone ou Samarcande, Alexandre de Macédoine éclabousse le monde de sa grandeur en seulement une décennie. Mort à trente ans, en pleine gloire et sa beauté juvénile intacte, il est immédiatement entré dans la légende, alors même que l'empire qu'il avait fondé s'effondrait déjà.

Parmi les nombreux exploits d'Alexandre le Grand, son expédition en Inde est sans doute le plus incroyable, parce qu'il le mène littéralement au bout du monde, et même au-delà : pour les Méditerranéens, en effet, le monde connu s'achevait à la vallée de l'Indus. Mais, pour Alexandre, « le monde ne suffit pas », selon la formule du poète Juvénal ! À vingt-six ans, il a déjà renversé l'Empire achéménide, et vient de poursuivre le roi déchu, Darius, au fin fond des montagnes d'Iran oriental, où il s'est emparé des légendaires cités de Bactres et de Samarcande. Il a déjà été plus loin, beaucoup plus loin, des milliers de kilomètres plus loin, que n'importe quel conquérant européen avant ou après lui. Déjà, on aperçoit les premiers contreforts de l'Himalaya…

C'est alors qu'au printemps 327 avant J.-C., Alexandre s'élance en direction de l'Inde, au-delà des limites du monde connu. Pourquoi ? Tout simplement pour s'emparer des royaumes de la vallée de l'Indus – particulièrement le Pendjab – que les Achéménides avaient soumis autrefois. L'armée d'Alexandre déferle bientôt sur la vallée de l'Indus. Après la prise du fort d'Aornos, qui l'occupe quelque temps, elle s'attaque l'année suivante au royaume du Pendjab. Mais Alexandre trouve ici un adversaire à sa mesure : à la tête d'une immense armée, le roi Poros s'est retranché au-delà de l'Hydaspe, un affluent de l'Indus. Pourquoi reste-t-il de l'autre côté ? Parce que, en ce mois de juin, il sait que la rivière est alimentée par la fonte des neiges et par les débuts de la mousson. Les flots tumultueux rendent la traversée si périlleuse qu'il n'a qu'à attendre sur l'autre rive comme on pourrait le faire au sommet d'un rempart. De combien d'hommes dispose-t-il ? Peut-être jusqu'à 50 000 fantassins, soit beaucoup plus qu'Alexandre, auxquels s'ajoutent une cavalerie équivalente à celle du Macédonien ainsi qu'une centaine de chars de combat contenant six guerriers chacun – des engins de mort redoutables. Cerise sur le gâteau, Poros peut s'appuyer sur 300 éléphants de guerre, véritables chars d'assaut de l'époque, qui peuvent écraser les fantassins et semer la panique parmi les chevaux de la cavalerie.

Sur le papier, le combat est très déséquilibré, d'autant plus que les Grecs devront traverser la rivière sous le feu de l'ennemi, ce qui serait suicidaire. Pourtant, Alexandre veut absolument engager le combat rapidement, car il sait que Poros attend encore des renforts. Mais comment faire ? Alors que les deux armées se font face de part et d'autre de l'Hydaspe, celle de Poros surveille étroitement tous les points de passage de la rivière.

C'est à ce moment que la saison des pluies, jusqu'ici défavorable à Alexandre, va jouer en sa faveur… Explorant les environs depuis quelques jours, le

Macédonien a fini par découvrir, à 25 kilomètres en amont, un point de passage possible de la rivière, que Poros ne connaît pas. Son plan ? Faire traverser ici une partie de son armée, sans que son adversaire s'en aperçoive. Cela n'a rien d'évident, car Poros a évidemment des guetteurs partout. Alors Alexandre multiplie les stratagèmes pour faire croire qu'il a décidé d'attendre patiemment la fin de la saison des pluies. Il donne même ses vêtements à l'un de ses généraux, afin qu'on le prenne pour lui de loin ! Enfin, Alexandre profite d'une nuit d'orage pour opérer : le bruit de la pluie et du tonnerre couvre celui des troupes qui s'ébranlent alors en direction du gué, laissant derrière elles le gros de l'armée. Une fois au point de traversée de la rivière, on utilise des radeaux et des embarcations sommaires pour faire traverser 15 000 cavaliers et 11 000 fantassins. La pluie diluvienne continue à couvrir l'opération, qui réussit à plein : les éclaireurs de Poros ne s'aperçoivent du stratagème que lorsque l'armée d'Alexandre se trouve déjà sur l'autre rive de l'Hydaspe.

Il est trop tard pour tenter de la repousser : il faudra l'affronter en bataille rangée le lendemain. Les troupes de Poros sont alors deux à trois fois plus nombreuses que celles d'Alexandre, dont les renforts ne pourront traverser la rivière que si le Macédonien parvient à prendre l'avantage de son côté. Déjà, Poros envoie contre lui une avant-garde composée de 3 000 cavaliers et 120 chars de guerre. Mais, une fois encore, les éléments sont du côté d'Alexandre : les pluies continues ont transformé le sol en bourbier, de sorte que les chars de Poros sont à l'arrêt. Leurs équipages sont massacrés par l'infanterie grecque. Le roi du Pendjab est privé d'une des forces majeures de son armée, mais il lui reste ses 300 éléphants, qui eux ne sont pas handicapés par la boue. Poros les a disposés comme une muraille infranchissable devant son infanterie, tandis que sa cavalerie garde les flancs.

Alexandre ne peut appliquer sa tactique habituelle, à savoir couper les lignes adverses et lancer la cavalerie dans l'ouverture, car ses chevaux sont trop effrayés par les éléphants. Il fait alors parler son génie stratégique : la cavalerie est envoyée pour contourner l'ennemi en passant derrière un relief. Puis Alexandre mène une charge sur le flanc gauche de l'armée de Poros, lequel envoie en renfort une partie de sa cavalerie, dégarnissant ainsi son flanc droit. Débarrassées de la menace de ce côté, les troupes envoyées au-delà des lignes ennemies peuvent ainsi attaquer par-derrière et détruire la cavalerie indienne. Le gros de l'armée d'Alexandre en profite alors pour traverser le fleuve, et les phalanges parviennent à résister à la terrible charge des éléphants, dont les cornacs sont tués.

Bientôt, l'armée indienne est complètement cernée par celle d'Alexandre.

Les deux rois se seraient alors livré un combat singulier, l'un à cheval, l'autre sur son éléphant de guerre. Blessé, Poros finit par se rendre. Comme souvent, Alexandre fera de son adversaire vaincu un allié. Et commémorera cette bataille mémorable – la dernière grande bataille rangée qu'il aura à mener – en frappant des milliers de monnaies commémoratives représentant le combat contre Poros. Sur cette pièce, Alexandre n'oublie pas de se représenter avec la foudre de Zeus à la main, pour rappeler combien les pluies et l'orage ont compté dans cette bataille.

Les dieux de l'orage condamnent les légions romaines (an 9 apr. J.-C.)

Au Ier siècle de notre ère, les armées romaines sont quasiment invincibles : depuis l'Égypte jusqu'à la Gaule, elles ont étendu leur emprise sur toute la Méditerranée et toute l'Europe occidentale.

Toute ? Non ! Les contrées germaniques, situées au-delà du Rhin, résistent encore à la puissance romaine, qui ne tente même plus de s'aventurer au-delà du fleuve. Pourquoi ce renoncement ? Parce que, en l'an 9 après J.-C., les Romains ont connu à Teutoburg l'une des pires défaites de leur histoire. Et si les Germains ont triomphé, c'est un peu grâce à la météo, et plus précisément à un temps exécrable qui a condamné les légions romaines.

Pour mieux comprendre, remontons un peu le cours du temps : au Ier siècle avant J.-C., la Germanie est – du point de vue des Romains – une contrée sauvage, couverte d'immenses forêts, soumise à un rude climat, et peuplée de guerriers hargneux aux mœurs cruelles.

En un mot, des barbares ! Mais, alors que Rome est en pleine expansion, même la perspective de se frotter à ces terribles guerriers n'effraie pas les légions romaines, qui semblent quasiment invincibles : sous l'empereur Auguste, à partir de l'an 12 avant J.-C., est menée une guerre de conquête. En quelques années seulement, les Germains sont soumis jusqu'à la Weser, à près de 200 kilomètres à l'est du Rhin. Sur le Rhin justement, on fonde la cité de Cologne – qui tient son nom du latin *Colonia* – tandis que les légions quadrillent le nouveau territoire. Au bout d'une quinzaine d'années seulement, la Germanie semble être devenue une province comme une autre, sous les ordres du gouverneur Publius Quintilius Varus. Celui-ci exerce son autorité avec fermeté, notamment pour assimiler les populations et les soumettre à l'impôt ou au recrutement de soldats. C'est là le processus habituel : lorsqu'un peuple est soumis, il devient vassal de Rome et fournit des troupes auxiliaires aux légions romaines. Mais, si la province est pacifiée, ces pratiques restent mal acceptées par les populations locales, animées par un sourd espoir de rébellion contre l'oppresseur romain.

Le gouverneur Varus semble inconscient de ce danger. Pour le seconder, il peut compter sur le jeune Caius Julius Arminius. Un Romain ? Oui et non ! Arminius est en fait le fils de Ségimerus, le chef des

Chérusques, l'une des tribus renversées par Rome au moment de la conquête. Comme beaucoup de fils de chef, le tout jeune Arminius avait été emmené comme otage à Rome, où il avait reçu une éducation romaine, avant d'être renvoyé dans son pays natal à l'âge adulte, pour mieux l'administrer. Cependant, chez Arminius, il semble que la greffe de latinité n'ait pas pris. Car, une fois de retour en son pays, et tout en faisant mine de seconder très fidèlement Varus, Arminius organise secrètement la révolte !

Mais impossible d'attaquer de front les puissantes légions romaines dans une bataille rangée : les rebelles seraient massacrés. Il faut attendre le moment propice pour une embuscade, dans un terrain hostile qui fera perdre leur avantage aux légions. Ces conditions arrivent à l'automne de l'an 9 après J.-C. Le gouverneur Varus revient alors d'une mission dans l'est de la province, à la tête de trois légions (les XVIIe, XVIIIe et XIXe légions) et de troupes auxiliaires, pour un total de 20 000 hommes au moins. La mission s'était bien déroulée, et tout laisse penser qu'il en sera de même pour le retour. D'ailleurs, qui serait assez fou pour s'en prendre à 3 légions aguerries ? Toutefois, les troupes de Varus empruntent un itinéraire qui leur convient mal : l'épaisse forêt de Teutoburg. En effet, l'étroitesse du chemin est telle que l'armée de Varus est obligée de s'étirer sur plusieurs kilomètres. La progression est si difficile que les légionnaires doivent abattre des arbres, tailler des sentiers et construire de petits ponts pour faciliter le passage. À cela s'ajoute une météo déplorable : jusqu'ici très brumeux, le temps tourne à la pluie et à l'orage, ce qui rend le terrain boueux et glissant. En outre, l'orage est généralement perçu comme un mauvais présage par les Romains, alors que les Germains se sentent au contraire encouragés par leurs dieux. C'est le moment choisi par Arminius pour attaquer. Alors qu'ils ignoraient tout de leur présence, les légionnaires voient surgir de la forêt des hordes de guerriers germains déchaînés. Pis encore : les troupes auxiliaires qui accompagnaient les légions se retournent contre elles et attaquent à leur tour ! La stupéfaction est totale, mais l'armée romaine est solide : elle parvient à se ressaisir et à serrer les rangs. Les premiers assauts ont été repoussés, mais les pertes sont sévères, et les barbares ne lâchent pas l'affaire. Arminius applique une tactique faite d'attaques rapides suivies de replis, qui ne laisse pas aux légions le temps de s'organiser. En outre, la forêt et la boue interdisent aux Romains de poursuivre leurs adversaires. Pour le gouverneur Varus, il faut absolument sortir de la forêt et retrouver un terrain favorable. Le deuxième jour, on tente donc de forcer les lignes des Germains, mais Arminius semble avoir tout prévu : profitant du relief, les Germains ont construit un mur grossier, à l'abri duquel ils lancent des milliers de traits sur les légionnaires. Une fois encore, la densité de la forêt et les sols rendus très glissants par la pluie battante ruinent les manœuvres des Romains. Les lourdes pertes s'accumulent et le moral des légionnaires est sérieusement entamé : la pluie, le froid, la forêt, la boue… tout semble tourner à l'avantage de ces terribles ennemis face auxquels ils restent impuissants. Finalement, à l'issue d'une marche forcée de nuit, ce qui reste des légions de Varus parvient à s'extraire de la forêt pour atteindre la plaine. Mais Arminius et ses guerriers les attendent : profitant d'un rétrécissement entre une colline et un marais, ils déferlent sur les Romains. Pataugeant dans la boue, les légionnaires ne parviennent pas à manœuvrer, tandis que les hordes de Germains dévalent les pentes de la colline, sans cesse plus nombreuses… Bientôt, la bataille devient un véritable massacre : comprenant qu'ils n'ont plus aucune chance, les légionnaires paniquent et se désorganisent. On ne songe plus qu'à fuir et à sauver sa peau, le plus souvent en vain. Les barbares voulant offrir des sacrifices à leurs dieux, de nombreux légionnaires sont décapités, mutilés ou immolés sur place, sous les yeux de leurs camarades impuissants. Varus lui-même se plante une épée dans le bas-ventre pour éviter les supplices qui l'attendent en cas de capture. Bon nombre de ses officiers et de ses soldats l'imitent.

Sous la pluie battante de Germanie, ce sont 3 légions entières – 18 000 hommes – qui sont massacrées. Humiliation suprême, deux aigles de légion – le plus précieux des emblèmes de Rome – sont tombées aux mains des barbares. La troisième a été sauvée par son porteur, qui l'a brisée pour mieux la dissimuler et a réussi à s'enfuir.

Lorsque la nouvelle du désastre parvient à Rome, la stupéfaction est totale : bien sûr, il n'est pas rare que l'armée subisse des revers, mais jamais encore 3 légions entières n'avaient été perdues en une seule bataille, qui plus est dans ces conditions avilissantes. L'empereur Auguste est dévasté, au point de porter le deuil et de se laisser pousser les cheveux et la barbe durant plusieurs mois. Le traumatisme est tel que – fait rarissime dans l'histoire romaine – les légions XVII, XVIII et XIX ne seront jamais remplacées. Rome essaiera bien de laver l'affront, en menant de nouvelles offensives en Germanie, mais ces campagnes restent sans lendemain : jamais plus les Romains ne s'installeront durablement au-delà du Rhin. En cela, le désastre de Teutoburg a constitué un tournant majeur dans l'histoire mondiale, car il a arrêté l'expansion romaine en Europe. Et c'est un peu grâce à la pluie.

Sous la pluie, Cortés renverse les Aztèques (1520)

Un empire de 20 millions d'habitants, renversé en quelques mois par une poignée de soldats ? Cela paraît incroyable, mais c'est pourtant ce qui s'est produit en 1521, lorsque l'Espagnol Hernán Cortés fait tomber l'Empire aztèque et anéantit sa capitale, Tenochtitlan. Toutefois, rien de tout cela n'aurait été possible si Cortés n'avait pas bénéficié d'un petit coup de pouce de la météo…

Sans une pluie diluvienne, l'épopée du conquérant espagnol aurait bien pu s'arrêter à la bataille de Cempoala, où il n'affronte pas les Aztèques… mais d'autres Espagnols ! Cet imbroglio mérite bien quelques explications, qui nous reportent à la fin de l'année 1518. Depuis la découverte des Antilles par Christophe Colomb un quart de siècle plus tôt, les Espagnols ont conquis l'île de Cuba et ont exploré les côtes du continent américain, mais ne se sont guère aventurés vers l'intérieur des terres. Pourtant, les premières expéditions menées dans le Yucatán se révèlent prometteuses, car on rapporte de l'or. Ambitieux homme de guerre de 33 ans, Hernán Cortés convainc alors le gouverneur de Cuba, Diego Velázquez de Cuéllar, d'organiser une importante expédition pour explorer ce qu'on n'appelle pas encore le Mexique. Onze navires et 500 soldats armés de plusieurs dizaines d'armes à feu sont placés sous les ordres de Cortés. Mais, alors que le gouverneur se ravise et décide de confier l'expédition à un autre, Cortés quitte précipitamment Santiago de Cuba ! Après avoir terminé ses préparatifs à Trinidad, il s'élance vers le continent le 10 février 1519 et débarque dans la péninsule du Yucatán – au sud-est du Mexique actuel – quelques jours plus tard.

Au cours de ses premiers contacts avec les populations autochtones, Cortés alterne démonstrations de force – les batailles sont remportées avec facilité grâce à l'usage de l'arme à feu – et entreprises de séduction. En effet, de nombreux peuples de la région sont soumis aux Aztèques, et ne semblent guère bienveillants envers leurs maîtres. Cortés comprend vite qu'il pourra s'en faire des alliés. Grâce à eux, il espère déjà renverser l'Empire aztèque, ou du moins s'approprier ses richesses et s'emparer de la région… non pas au nom du gouverneur Velázquez, mais pour son propre compte ! Sur la côte, en effet, Cortés a fondé la petite colonie de Vera Cruz, dont les habitants l'auraient supplié de se proclamer capitaine général, et de ne reconnaître que l'autorité du roi d'Espagne et non celle du gouverneur de Cuba… Ce que Cortés accepte ! Des ambassadeurs du pouvoir aztèque étant venus à lui, le commandant espagnol mêle de nouveau diplomatie et menaces pour se faire conduire jusqu'à l'empereur, Moctezuma II. Il parvient à ses fins : Cortés et ses hommes sont conduits à Tenochtitlan, la capitale de l'Empire aztèque, située au cœur du Mexique actuel.

La vision qui s'offre alors aux conquérants espagnols surpasse toutes les imaginations : une ville de 200 000 âmes – soit autant que les plus grandes villes d'Europe à l'époque – quadrillée d'immenses avenues, peuplée de temples et de pyramides magnifiques, tout cela… au beau milieu d'un lac ! En effet, la ville de Tenochtitlan a la particularité d'être conçue comme une île, reliée aux rives du lac par d'interminables chaussées qui traversent les eaux. Au cœur de cette magnifique cité, l'empereur Moctezuma accueille les Espagnols à bras ouverts, du moins en apparence : il les reçoit dans son palais, satisfait leur soif de métal précieux et accepte même d'aménager une chapelle dédiée à la Vierge au sein du grand temple. Craignant que ces libéralités ne cachent quelque chose, Cortés préfère alors prendre les devants : il s'empare de l'empereur et le garde comme otage !

Pourtant, le plus grave danger qui guette le conquérant espagnol ne se trouve pas à Tenochtitlan, mais à Cuba, où le gouverneur Velázquez n'est pas resté inactif : pour réduire Cortés à l'obéissance, il a armé contre lui une flotte de 18 navires et de plusieurs centaines de soldats, qu'il a confiée aux ordres de Pánfilo de Narváez. Celui-ci a débarqué à Vera Cruz et s'est installé dans la ville voisine de Cempoala. Là, il tente déjà de rallier les populations locales à sa cause, affirmant que Cortés est un simple rebelle auquel nul ne doit obéissance. Cortés ne pouvait rester sans réagir : laissant une centaine d'hommes à Tenochtitlan sous les ordres de son lieutenant Pedro de Alvarado, il conduit le reste de sa petite armée – environ 300 soldats espagnols et quelques centaines de guerriers indiens – à Cempoala, pour y affronter Narváez et ses troupes supérieures en nombre.

C'est le sort même de Cortés qui se joue alors : si la victoire lui échappe, son aventure mexicaine s'arrêtera là. Cortés arrive en vue de Cempoala le 24 mai 1520. Sûr de sa force, Narváez lance déjà ses troupes contre lui. Mais son adversaire a pris la précaution de se retrancher derrière un ruisseau. Or, c'est le début de la saison humide au Mexique : les fortes pluies de la journée ont fait grossir le cours d'eau à un point tel que Narváez ne peut traverser. La météo a aidé Cortés une première fois. Elle allait le faire de nouveau au cours de la nuit. Ce temps déplorable pousse Narváez à relâcher sa surveillance : sachant que son ennemi ne l'attend pas, il en profite pour mener une attaque surprise.

Alors que la nuit est extrêmement obscure et que la pluie couvre tous les bruits, Cortés parvient à franchir le ruisseau en crue et s'approche de Cempoala, où Narváez n'a laissé que deux sentinelles. Lorsque l'alerte est donnée, il est déjà trop tard : Cortés et ses hommes sont déjà dans la ville. Narváez se réfugie dans un temple, mais il en est délogé par un incendie, et tombe entre les mains de son ennemi qui le fait prisonnier. Cortés sort doublement vainqueur de la bataille, car il convainc les soldats conduits par Narváez de se joindre à lui, et renforce ainsi son armée. Désormais, grâce à la pluie, plus rien ne s'oppose au triomphe de Cortés.

Rien… ou presque ! Car, à Tenochtitlan, le climat a bien changé : en l'absence de Cortés, son lieutenant Alvarado a profité d'une fête religieuse pour massacrer des centaines d'Aztèques dans un temple, provoquant la révolte de la population, qui assiège les Espagnols réfugiés dans le palais. Lorsque Cortés revient, il tente d'apaiser la situation en faisant parler l'empereur-otage Moctezuma, mais celui-ci reste impuissant à ramener le calme et est tué. Il faut fuir la ville en pleine nuit : c'est la Noche Triste (la « Triste

Nuit »), le 30 juin 1520. Mais la fuite des Espagnols est éventée par une femme qui donne l'alerte à toute la population. Et cette fois, la pluie joue en défaveur de Cortés : les averses incessantes qui s'abattent sur Tenochtitlan rendent la chaussée glissante au point de faire tomber les chevaux, ce qui désorganise les fuyards. Les Espagnols sont massacrés par centaines. Cortés lui-même est capturé quelques instants par l'ennemi, avant d'être sauvé *in extremis* par ses soldats. Autour de lui, une poignée d'hommes seulement parviennent à s'enfuir. Mais, une fois hors de danger, Cortés rallie à lui tous les ennemis des Aztèques pour constituer une puissante armée. Lorsqu'il revient à Tenochtitlan l'année suivante, c'est pour assiéger la ville… Les combats sont alors d'une violence inouïe, tandis que la population – déjà décimée par la variole – est victime d'une terrible famine. Au bout de deux mois et demi de siège, les Aztèques sont vaincus et leur capitale n'est plus qu'un monceau de ruines au milieu du lac… Elle allait pourtant donner naissance à la ville actuelle de Mexico.

L'Invincible Armada, vaincue par les vents (1588)

Une flotte de guerre de 175 navires, armée de 2 400 canons et gorgée de 20 000 guerriers, voguant toutes voiles dehors en direction de l'Angleterre... Cette image fabuleuse, quelque peu embellie par la légende, est celle de l'Invincible Armada rassemblée par le roi Philippe II d'Espagne en 1588 dans un seul dessein : envahir l'Angleterre. Une flotte d'une puissance extraordinaire, à laquelle rien ne semble pouvoir résister, pas même la célèbre marine anglaise. Mais, tout invincible qu'elle était, cette flotte de guerre prodigieuse n'a rien pu faire contre une succession d'événements météorologiques qui tournent systématiquement à son désavantage !

En effet, c'est bel et bien la météo qui va détourner de sa route l'Invincible Armada, avant de la décimer, sauvant ainsi l'Angleterre d'une invasion. Mais au fait, pourquoi Philippe II d'Espagne souhaitait-il envahir la perfide Albion, alors même que la souveraine régnante était Élisabeth Ire, sa propre belle-sœur ? Voilà quelqu'un qui ne semble pas avoir le sens de la famille… Il faut dire qu'à cette époque la religion passe avant tout, surtout quand on appartient à la très catholique dynastie des rois d'Espagne. D'ailleurs, Philippe d'Espagne avait lui-même été marié à la catholique Marie Tudor, reine d'Angleterre jusqu'en 1558. Mais à la mort de cette dernière, faute d'héritier direct, le trône était passé à sa demi-sœur Élisabeth, laquelle avait été élevée dans la religion anglicane ! Les relations avec l'Espagne catholique sont alors d'autant moins bonnes que le souverain ibérique, en tant que veuf de la reine défunte, prétend avoir des droits sur le trône anglais… Et, de son côté, Élisabeth Ire ne joue pas vraiment l'apaisement : les raids incessants des corsaires britanniques contre des navires espagnols chargés d'or en provenance des Amériques ont le don d'exaspérer Philippe. Il s'agit de mater une fois pour toutes ces Anglais hérétiques et brigands !

Le roi d'Espagne imagine une solution simple : envahir le pays. Pour cela, il n'aurait qu'un bras de mer à franchir, car les Pays-Bas sont alors une possession espagnole. Mais encore faut-il des navires pour traverser la Manche ! Sachant la marine anglaise redoutable, Philippe arme alors la flotte de guerre la plus puissante qu'on ait jamais vue en Europe : 130 navires de combat armés de 2 400 canons, 45 autres navires pour la logistique, 10 000 hommes de bord et 20 000 soldats. Cette formidable armada prend la mer à Lisbonne le 9 mai 1588. Sûrs de leur victoire, les Espagnols s'élancent fièrement sur les flots, mais ils auraient dû sentir que le sort – et surtout la météo – n'était pas de leur côté... À peine partis, un fort vent soufflant du nord les repousse jusqu'à l'extrême-sud du Portugal ! Finalement, on parvient à remonter vers le nord, mais, alors que la flotte s'apprête à passer au large de La Corogne, elle essuie une sévère tempête, qui endommage certains navires et en égare d'autres vers le large. Le temps de se regrouper et de réparer, les Espagnols n'arrivent en vue de Calais que le 7 août. Les Anglais les attendent de pied ferme, avec une flotte très nombreuse, mais composée de navires beaucoup moins puissants que les fiers galions espagnols. Dans la Manche, on s'est déjà livré quelques escarmouches, mais ces échauffements n'ont fait que confirmer la toute-puissance espagnole. À Calais, il était prévu que la flotte embarque 30 000 soldats supplémentaires venus des Pays-Bas espagnols, avant de traverser la Manche pour débarquer près de Douvres. Mais à leur arrivée devant le port français, une mauvaise surprise attend l'armada espagnole : l'armée de renfort n'est pas là, de sorte que la flotte ne pourra compter que sur elle-même.

C'est alors que les Anglais jouent leur va-tout : dans la nuit du 7 au 8 août, ils lancent une attaque surprise. Alors que les navires espagnols passent la nuit attachés les uns aux autres, les Anglais transforment 8 de leurs propres navires en brûlots, chargés de poudre, qu'ils envoient s'écraser contre l'armada ! Ces véritables bombes flottantes sèment la panique parmi la flotte espagnole : chaque navire rompt ses amarres pour tenter de s'échapper, dans la confusion la plus totale. Un seul vaisseau espagnol est coulé, mais plusieurs sont endommagés, et, surtout, les Anglais sont parvenus à éparpiller la flotte espagnole, qui fuit vers l'est. Au large du port de Gravelines, toutefois, l'armada tente de se regrouper et d'engager une véritable bataille navale. Mais les Anglais, conscients de la supériorité espagnole, esquivent toutes les tentatives d'abordage et refusent le combat tant qu'ils le peuvent. Bien sûr, cette stratégie ne leur permettra pas de gagner la bataille, mais elle leur fait gagner un temps précieux.

Or, au cours de la journée, les navires espagnols sont peu à peu repoussés par les vents contraires et les forts courants qui agitent alors le pas de Calais… Le soir, il est déjà trop tard : la flotte espagnole a été poussée jusqu'en mer du Nord, et le vent de sud lui interdit désormais de rejoindre Calais ou Douvres. Le projet d'invasion tombe à l'eau : les vents ont donc sauvé l'Angleterre !

Mais, pour l'armada espagnole, ce n'était que le début du calvaire. Faute de pouvoir aller contre les vents, le commandant de la flotte décide de rejoindre l'Espagne en contournant les îles Britanniques par le nord. Dans un premier temps, le trajet se déroule sans encombre, mais une fois l'Écosse passée, les ennuis commencent. D'abord parce que les Espagnols ne disposent d'aucune carte du secteur, ce qui les oblige à naviguer à l'estime. En outre, plusieurs navires sont endommagés et beaucoup ont dû se séparer de leurs ancres au moment de l'attaque surprise de Calais. Surtout, ce sont les éléments qui semblent une nouvelle fois s'acharner contre la flotte espagnole : durant deux semaines, un anticyclone centré sur la Scandinavie entretient des vents du sud qui l'empêchent de progresser. En outre, la dérive nord-atlantique fait dévier les navires, qui s'écartent chaque jour de 30 kilomètres par rapport à leur position estimée. Au bout de plusieurs semaines, on parvient finalement à rétablir le cap, mais c'est alors que les conditions météorologiques empirent : le vent d'ouest se met à souffler en tempête… Si bien qu'après avoir été emportée vers le large la flotte espagnole est maintenant repoussée contre son gré vers les côtes irlandaises ! Les vaisseaux encore en bon état parviennent à résister, mais les plus endommagés sont en perdition : ils font naufrage ou s'échouent un peu partout sur les côtes irlandaises.

La réaction des autorités anglaises est alors impitoyable : les survivants espagnols devront être capturés et pendus. Finalement, ce sont au total 24 navires et environ 5 000 hommes qui font naufrage ou s'échouent le long des côtes irlandaises. Le reste de la flotte espagnole parviendra tant bien que mal à rallier le port de Santander, sur la côte nord de l'Espagne. Mais l'armada de Philippe II, défaite, décimée, et surtout continuellement martyrisée par les éléments, n'a plus fière allure. En pleine opération de propagande pour ériger la bataille – ou plutôt la non-bataille ! – de Gravelines en victoire glorieuse, les Anglais donneront à la flotte espagnole le surnom d'Invincible Armada, par dérision !

Profiter des événements météorologiques participe encore des records à la voile, aujourd'hui. Les conséquences sont évidemment moins graves, mais, quand la nature décide de ne pas vous laisser passer, il faut apprendre la patience et parfois savoir reporter la tentative de record à l'année suivante.

George Washington aime le froid
(1776)

Peu de conflits auront eu une influence aussi grande sur le cours de l'Histoire que la guerre d'Indépendance des États-Unis, entre 1775 et 1783. Sans elle, l'Amérique serait demeurée longtemps encore une colonie anglaise parmi d'autres, et peut-être ne serait-elle jamais devenue la superpuissance mondiale qui fut capable de renverser le cours de la Seconde Guerre mondiale…

Pour les Américains, cette guerre a un héros bien connu : George Washington. L'homme qui deviendra ensuite le tout premier président des États-Unis, celui qui donnera son nom à la capitale du pays au lendemain de sa mort, et dont le visage figurera à la proue du mont Rushmore, rien que cela ! Mais même les plus grands héros ont parfois besoin d'un petit coup de pouce de la météo… George Washington ne déroge pas à la règle : lors de l'hiver 1776-1777, alors que la guerre d'Indépendance menace de tourner court tant les Anglais imposent leur supériorité, la météo aide le général insurgé à remporter coup sur coup deux victoires décisives non tellement par leur importance stratégique, mais parce qu'elles donnent un véritable « coup de boost » au moral des insurgés, alors tout proches d'abandonner la lutte. Ces batailles, ce sont celles de Trenton et de Princeton, qui ont eu lieu dans le New Jersey durant les jours qui ont suivi Noël de l'année 1776.

La guerre entre l'Angleterre et les colonies américaines avait débuté l'année précédente. Au commencement, les insurgés ne disposaient que d'une toute petite armée d'environ 5 000 hommes, mal équipés et recrutés parmi les milices locales. Bientôt nommé commandant en chef, George Washington parvient à faire grossir ces troupes pour disposer d'environ 20 000 hommes, mais cela reste bien peu face aux forces anglaises, qui disposent de 70 000 soldats aguerris, dont de nombreux mercenaires étrangers. Malgré ce rapport des forces très défavorable, la guerre débute par de petites victoires pour les insurgés. Le 4 juillet 1776, les États-Unis avaient même fièrement proclamé leur indépendance : c'était l'acte de naissance d'un nouveau pays. Mais, presque immédiatement après, les choses avaient mal tourné : dès l'été, les Anglais reprennent New York et Rhode Island aux insurgés. Ces derniers subissent une nouvelle défaite à White Plains le 28 octobre, tandis que la place de Fort Washington tombe trois semaines plus tard. Face à ces revers majeurs, Washington et les insurgés n'ont d'autre choix que de battre en retraite jusqu'en Pennsylvanie, au-delà du fleuve Delaware. Le moral des troupes est en chute libre. Il faut absolument remporter une victoire significative, faute de quoi l'indépendance américaine pourrait être tuée dans l'œuf. En somme, George Washington aurait bien besoin d'un cadeau de Noël… et c'est la météo qui allait le lui offrir !

Le jour de Noël 1776, en effet, le général insurgé se trouve sur la rive ouest du Delaware, qui sépare la Pennsylvanie du New Jersey. Face à lui, sur l'autre rive, la ville de Trenton est occupée par trois régiments de mercenaires allemands, au service des Anglais. Fort de 2 400 hommes, Washington envisage d'attaquer sur trois fronts, mais il faut d'abord franchir le fleuve. À Trenton, bien qu'inférieures en nombre, les troupes allemandes passent un Noël serein, car nul ne pense que Washington pourra attaquer. En effet, alors que le froid glacial de l'hiver s'intensifie encore, le Delaware est en pleine débâcle : il charrie d'innombrables blocs de glace qui rendraient toute tentative de traversée très périlleuse. C'est ici que la météo vient – doublement – à l'aide de Washington. D'abord parce que, grâce à cette rivière à moitié gelée, ses ennemis sont persuadés qu'ils n'ont rien à craindre, ce qui les pousse à relâcher leur surveillance. En outre, Washington choisit de passer à l'action en pleine tempête de neige, de façon à être sûr de ne pas se faire repérer par les guetteurs ennemis. Dans ces conditions, évidemment, la traversée du Delaware est extrêmement difficile : des centaines et des centaines de soldats doivent embarquer sur de simples barques, que l'on pousse à la perche à travers les blocs de glace, par un froid glacial et alors que souffle un véritable blizzard. Les conditions sont si dures que Washington ne parvient pas à faire traverser tout le monde : l'attaque ne pourra donc être menée que sur deux fronts, et non trois comme on l'espérait. En outre, cette traversée dantesque a retardé l'opération : alors qu'on espérait attaquer bien avant l'aube, le premier assaut n'aura lieu qu'à 8 heures du matin. Mais le résultat est celui espéré : rassurées par cette météo détestable, les troupes anglaises ont baissé la garde et sont totalement surprises par l'attaque. En quelques minutes, l'armée de Washington s'empare de la rue principale. La contre-offensive tentée par les troupes allemandes échoue : l'ennemi est défait, et Washington a pris soin de lui couper toute retraite. Finalement, après seulement une heure de combat, les mercenaires allemands se rendent à Washington, qui n'a subi que des pertes anecdotiques : 2 morts et quelques blessés – dont le futur président James Monroe. Il est à peine midi lorsque les troupes de Washington rentrent en Pennsylvanie en franchissant de nouveau le Delaware, cette fois accompagnées de 900 prisonniers. Un succès de prestige majeur.

Mais Washington n'en avait pas terminé avec sa rivière gelée… Dès le lendemain, on apprend que toutes les forces britanniques se sont concentrées à Princeton, une ville voisine de Trenton et aujourd'hui siège d'une célèbre université. Pour Washington, c'est l'occasion de chasser une bonne fois les Anglais de la région. On se décide donc à repasser encore une fois la rivière Delaware, pour bouter l'Anglois hors du New Jersey ! Et, une nouvelle fois, la météo glaciale aide Washington : dans la nuit du 28 au 29 décembre, le froid s'est encore accentué, au point que le fleuve a gelé en grande partie. À certains endroits, la couche de glace qui s'est formée à la surface du fleuve atteint jusqu'à 7 centimètres d'épaisseur, ce qui est suffisant pour faire traverser à pied une bonne partie de l'armée. Cette fois, la météo a donc facilité les opérations ! Cela permet à Washington de prendre rapidement position au sud de Trenton et lui donne le temps de fortifier les lieux, d'où il repousse un assaut britannique le 2 janvier. Le lendemain, enfin, la bataille de Princeton se solde par une victoire éclatante. Les Britanniques sont contraints de battre en retraite au

Nouveau-Brunswick, tandis que l'armée des insurgés prend ses quartiers d'hiver dans le New Jersey.

La météo si rude de l'hiver 1776-1777 a donc apporté un soutien précieux à Washington, qui obtient grâce à elle deux victoires décisives. Redressant le moral des insurgés, les batailles de Trenton et Princeton ont suscité de nombreux engagements qui viendront grossir les troupes. Grâce aux eaux gelées du Delaware, Washington a désormais une véritable carte à jouer face aux Britanniques.

Austerlitz, le brouillard avant le soleil (1805)

Le soleil d'Austerlitz ! L'expression est restée célèbre, tant le soleil qui brille à Austerlitz, alors que la bataille s'achève, semble saluer le triomphe de Napoléon, qui a éclaboussé ses adversaires de son génie stratégique et remporté une bataille décisive contre la moitié de l'Europe. Au-delà même de ce symbole, la météo a joué au cours de la bataille un rôle décisif, le brouillard matinal ayant permis de dissimuler les troupes françaises jusqu'au moment de l'assaut. Comme si tous les éléments naturels s'accordaient autour d'un Napoléon en pleine réussite.

Mais, pour comprendre toute l'importance d'Austerlitz, il faut se replonger dans le contexte de l'année 1805. Napoléon a été couronné empereur depuis moins de un an et il affronte alors une énième coalition européenne, montée contre lui par le Royaume-Uni : la France devra affronter non seulement le Royaume-Uni, mais aussi l'Autriche, la Russie, la Suède, le royaume de Naples… N'en jetez plus ! Sur les mers, le désastre de la bataille navale de Trafalgar oblige la France à abandonner l'idée d'une invasion du Royaume-Uni, mais, sur le continent, Napoléon a lancé à l'automne une offensive rapide vers l'Autriche, où il s'est emparé de Vienne à la mi-novembre. Face à lui, le général russe qui défendait la capitale autrichienne a préféré abandonner la ville et battre en retraite pour rejoindre des renforts russes et autrichiens, avec lesquels il formera une armée particulièrement puissante.

Cela n'arrange pas Napoléon, dont l'armée pourtant victorieuse ne fait que s'affaiblir : contraint de diviser ses forces, l'Empereur a dû envoyer certains de ses maréchaux dans le Tyrol, en Bohême, ou encore à Bratislava. Ainsi ne conserve-t-il plus que 50 000 hommes avec lui, alors que ses adversaires autrichiens et russes sont forts de quelque 90 000 soldats. Sachant que la Prusse n'attend plus qu'un prétexte pour rejoindre à son tour la coalition, Napoléon a absolument besoin d'une victoire décisive dès à présent, sans quoi il sera submergé sous le nombre. Au contraire, ses ennemis ont tout intérêt à attendre que le rapport des forces soit encore plus déséquilibré.

Alors, comment pousser au combat l'armée conduite par le tsar de Russie et l'empereur d'Autriche ? Tout simplement en faisant mine d'être encore plus affaibli que Napoléon ne l'est réellement : c'est pourquoi l'Empereur essaie de donner l'impression qu'il se replie. Confiante, l'immense armée austro-russe tente alors de couper la retraite au Français, dans l'espoir de lui porter un coup fatal. Mais, en réalité, Napoléon attend ses ennemis de pied ferme. Il a d'ailleurs tout le temps d'étudier le champ de bataille qui s'offre à lui près d'Austerlitz : une vaste plaine de plusieurs kilomètres de largeur, traversée par un ruisseau, dominée par le plateau de Pratzen à l'est, et bordée au sud par des étangs gelés. Car, en ce début d'hiver, il fait déjà un froid glacial en Autriche : on ne compte que 2 °C au meilleur de la journée, et une fine couche de neige a été déposée sur le futur champ de bataille. Pour faire croire qu'il se prépare à se replier, Napoléon abandonne volontairement à ses ennemis le plateau de Pratzen et répartit son armée dans la plaine, en dispersant ses troupes de façon à cacher à l'ennemi sa véritable force. Une précaution d'autant plus utile que ses adversaires ignorent que l'Empereur a pris la peine de rappeler ses maréchaux Soult et Davout, qui – s'ils arrivent à temps – lui amèneront 18 000 hommes supplémentaires. Le brouillard joue déjà en sa faveur, car il facilite la dissimulation de l'armée française. Espérant inciter l'ennemi à attaquer de ce côté, l'Empereur a positionné des troupes assez peu nombreuses sur son aile droite, autour du village de Telnitz, au sud-ouest du plateau de Pratzen.

C'est au petit matin que tout se joue. Alors qu'il fait encore nuit, les coalisés russes et autrichiens envoient un corps de 40 000 hommes en direction du village de Telnitz, comme l'espérait Napoléon. Face à de telles forces, les troupes françaises peu nombreuses postées ici auraient dû être facilement renversées, mais elles offrent une belle résistance et profitent des renforts de Davout, arrivé juste à temps pour la bataille. Napoléon est parvenu à ses fins : en se jetant sur son aile droite, l'ennemi a divisé ses forces. C'est alors qu'il lance les troupes du maréchal Soult à l'assaut du plateau de Pratzen : complètement dissimulées par le brouillard, celles-ci ont pu franchir le ruisseau discrètement dès 6 heures du matin et se trouvaient déjà au pied des pentes du plateau. Lorsqu'elles s'élancent à l'assaut, la surprise est totale pour les Autrichiens et les Russes, qui sont mis en déroute et abandonnent le plateau en une demi-heure !

Napoléon en profite alors pour installer son artillerie sur les hauteurs. Désormais, l'armée ennemie est divisée en deux, de part et d'autre du plateau. Les coalisés tentent bien de réagir en prenant Soult en tenaille : les troupes lancées sur Telnitz font demi-tour et attaquent le plateau par le sud, mais Soult tient bon. Au nord, l'ennemi lance la cavalerie lourde du duc de Lichtenstein et la garde impériale russe, mais Napoléon envoie les troupes de Bernadotte et la cavalerie de Murat pour les affronter. Alors que les forces semblent s'équilibrer, Napoléon fait intervenir les troupes d'élite de la Garde impériale, qui mettent l'ennemi en déroute. Au sud du plateau aussi, les coalisés sont tenus en échec par Soult et doivent rebrousser chemin. Finalement, alors que le brouillard matinal s'est enfin levé et qu'il brille désormais un grand soleil d'hiver, le succès est total pour Napoléon : le tsar et l'empereur d'Autriche, restés prudemment à l'arrière, se retirent, laissant leurs troupes à la merci de Napoléon. Pour elles, la bataille s'achève en véritable désastre, car, au nord du plateau, les troupes françaises parviennent à couper la retraite de l'ennemi et à l'encercler. Au sud, c'est pire encore : des milliers de Russes en déroute tentent de fuir en traversant les étangs gelés. Mais les canons français font feu et brisent la glace sous leurs pieds, les précipitant dans l'eau glacée au milieu d'un chaos sans nom. Au soir de la bataille, les coalisés ont perdu 27 000 hommes et 180 canons. Sous le soleil d'Austerlitz, le triomphe est total pour Napoléon, qui – un an jour pour jour après son couronnement – semble sacré une nouvelle fois.

L'armée française vaincue par l'hiver algérien (1836)

Une armée vaincue par le froid ? On pense immédiatement à la retraite de Russie, durant laquelle la Grande Armée de Napoléon est lentement mais sûrement annihilée par l'hiver russe. Ou encore à la Wehrmacht paralysée par le froid lors de l'hiver 1941, au point de faire échouer l'opération Barbarossa. On imagine moins que le même phénomène ait pu se produire en Algérie ! Pourtant, c'est bel et bien ce qui est arrivé au début de l'hiver 1836, dans le cadre d'une offensive de l'armée française contre la ville de Constantine.

La conquête de l'Algérie avait débuté six ans plus tôt, à la suite de la fameuse affaire de l'éventail – le dey d'Alger avait donné un coup d'éventail au consul de France – qui avait servi de prétexte au déclenchement de l'offensive. Après la capitulation d'Alger, obtenue dès l'été 1830, la France avait à cœur de s'emparer de l'ensemble du territoire qui constituait la régence d'Alger, c'est-à-dire le nord de l'Algérie actuelle. Six ans plus tard, la conquête a progressé, mais deux pôles échappent encore à la domination de la France : le beylik de l'Ouest, où le grand Abdelkader oppose une farouche résistance à l'envahisseur français ; et la ville de Constantine dans le beylik de l'Est, défendue par Ahmed Bey et une armée de plusieurs milliers de soldats.

Gouverneur général d'Alger depuis un an, le général Bertrand Clauzel rêve naturellement de s'emparer de Constantine, de façon à établir une domination complète sur le beylik de l'Est. À l'automne 1836, il organise donc une offensive majeure contre la ville. Cependant, en raison des difficultés politiques du moment, ses demandes de renforts restent lettre morte : Clauzel devra compter sur ses seules forces pour s'emparer de Constantine. Le général monte donc un corps expéditionnaire à partir des garnisons présentes en Algérie. Mais une grande partie de l'armée est malade : 2 000 soldats se trouvent dans les hôpitaux, où ils souffrent de fièvre, de paludisme ou du choléra. Comme le disent les médecins de l'époque, « le véritable champ de bataille, c'est l'hôpital ; l'ennemi impitoyable, c'est le climat ». L'expédition contre Constantine allait en fournir une confirmation éclatante, mais en version hivernale…

Puisant dans toutes les garnisons, Clauzel parvient à réunir 8 500 hommes et 16 canons, mais, déjà, l'expédition se heurte à de premières difficultés logistiques : le convoi de vivres et de munitions ne comporte que 10 voitures, au lieu des 12 nécessaires, et seulement 475 mules au lieu de 1 500 ! Malgré tout, le corps expéditionnaire part du port de Bône le 9 novembre, en direction de Constantine. Dans la nuit du 13 au 14 novembre, la météo joue un premier mauvais tour aux Français, qui se trouvent alors au camp de Dréan : un orage s'abat sur le camp, provoquant la panique des bœufs chargés de tirer les chariots, qu'on ne parvient pas à rattraper ! Cette perte pourrait prêter à sourire, mais elle oblige Clauzel à abandonner une partie de ses munitions, faute de pouvoir les transporter. L'expédition poursuit sa route malgré tout. Constantine ne se trouve qu'à une centaine de kilomètres de Bône, mais il faut, pour l'atteindre, traverser le massif du djebel Sana : une zone de basse et de moyenne montagne, où les Français pénètrent en franchissant le col de Ras el-Agba, à 829 mètres d'altitude. Après quoi il faut monter encore. Or, à de telles altitudes, l'hiver algérien n'a rien de clément : la température peut chuter en dessous de zéro. Surtout, la pluie et la neige s'abattent sur la petite armée : elles glacent les soldats et transforment les chemins en bourbiers.

Au bivouac de Domma, où l'armée s'est regroupée, la situation se dégrade encore, car la région est totalement dépourvue de bois ou de tout combustible, ce qui interdit aux troupes de faire du feu. Dans ces conditions, le froid devient intolérable. Or, le temps ne s'arrange pas, bien au contraire : la température descend jusqu'à – 8 °C. Bien sûr, ce n'est pas encore l'hiver russe et ses températures polaires, mais ne pas pouvoir faire de feu constitue un handicap terrible : il est impossible de se réchauffer, impossible de cuire les aliments, et surtout impossible de sécher les vêtements détrempés par la pluie ou la neige. Tous les témoins diront que cette lutte contre le froid et la pluie fut l'une des pires épreuves qu'ils eurent à subir dans leur vie. Les hommes trempés et glacés tombent malades massivement. Nombreux sont ceux qui meurent de froid. Avant même d'avoir atteint Constantine, l'armée française est déjà considérablement affaiblie.

Enfin, on arrive en vue de la cité. Mais le convoi de ravitaillement reste embourbé à l'arrière, et il devient impossible de le dégager ! Frigorifiés, les soldats pillent alors leur propre convoi et s'enivrent d'eau-de-vie, dont l'effet sur leurs ventres vides est dévastateur. En outre, la place de Constantine est remarquablement défendue : elle est tout entière juchée sur un immense rocher isolé par un ravin vertigineux. Après de premiers affrontements, les vivres et les munitions s'épuisent déjà. Devant l'urgence, Clauzel tente de canonner directement les portes de la ville. Il profite ensuite de la nuit pour envoyer une patrouille au plus près des murs de la cité pour évaluer les dégâts causés par les tirs. Mais, une fois encore, la météo lui joue un mauvais tour : alors que la patrouille avait profité du temps couvert pour s'avancer au plus près dans l'obscurité totale, une brusque amélioration dévoile un clair de lune qui la révèle immédiatement aux yeux de l'ennemi ! Les offensives ayant échoué, à bout de vivres comme de munitions, Clauzel est finalement contraint d'ordonner la retraite… en oubliant de prévenir certains postes avancés, qui se retrouvent à la merci de l'ennemi ! Ils ne doivent leur salut qu'au retour du capitaine Nicolas Changarnier et de ses hommes, venus à la rescousse pour protéger leur repli.

Malgré ce sursaut, la retraite française se transforme rapidement en débâcle, et de nombreux blessés sont abandonnés à la clémence de l'ennemi. La situation est sauvée une fois encore par Changarnier, dont les 300 hommes font office d'arrière-garde et affrontent l'ennemi courageusement. Heureusement, la météo finit par tourner du côté des Français : enfin revenu, le soleil réchauffe un peu les soldats et résorbe les bourbiers des chemins. La retraite devient alors plus rapide et plus facile, ce qui permet d'échapper à l'ennemi qui continuait son harcèlement. Arrivé à Guelma le 28 novembre, Clauzel laisse 150 malades à l'hôpital, dont la plupart ne survivront pas. Le 1er décembre, enfin, l'armée arrive à Bône, dans un triste état. Le bilan de l'expédition est désastreux : non seulement Constantine n'est pas tombée, mais les Français ont perdu 500 hommes, tués ou blessés, lors des combats. Pis encore, on estime que 1 500 hommes sont morts de froid ou de maladie. Considéré comme responsable du désastre, Clauzel est mis à la porte. Il est remplacé par le général Damrémont, qui fera de la prise de Constantine une priorité. L'année suivante, une armée de 20 000 hommes et 60 canons se présente face à la ville, qui est prise en 3 jours seulement.

Le typhon Cobra anéantit la flotte du Pacifique (1944)

On l'ignore un peu chez nous, mais la guerre du Pacifique a été l'un des théâtres d'opérations les plus durs de la Seconde Guerre mondiale, en raison de la résistance acharnée offerte par les Japonais aux Américains. Pourtant, l'un des plus gros revers connus par la flotte américaine dans le Pacifique n'a pas été causé par ses ennemis, mais par la météo. Le 17 décembre 1944, le typhon Cobra a causé plus de dommages à la flotte américaine que n'aurait pu le faire n'importe quelle bataille à ce moment. Trois navires coulés, 19 autres gravement endommagés, 790 marins morts noyés, et enfin 146 avions de chasse détruits ou projetés par-dessus bord !

Comment une telle catastrophe a-t-elle pu arriver ? Simplement parce que la flotte américaine ne disposait pas de services météorologiques suffisamment performants dans cette zone du Pacifique, mais aussi à cause de l'incrédulité du commandant de la flotte, l'amiral Halsey. Les choses semblaient pourtant aller pour le mieux en ce début décembre 1944. Un mois et demi plus tôt, la bataille du golfe de Leyte – la plus grande de l'histoire navale par le nombre et le tonnage des bâtiments engagés – avait permis aux États-Unis de triompher définitivement de la flotte japonaise, qui est désormais quasiment inoffensive. C'est d'ailleurs parce que la situation est désespérée que les Japonais commencent à mener des opérations « kamikazes », lors desquelles le pilote d'un avion de chasse se sacrifie en s'écrasant sur sa cible. Mais il restait encore à prendre le contrôle des îles, défendues pied à pied par les troupes japonaises, et à préparer une éventuelle offensive contre le Japon lui-même. Pour soutenir les troupes américaines au sol, la flotte est donc encore indispensable, en particulier les porte-avions, qui procurent un appui aérien aux troupes terrestres. C'est pourquoi la Task Force 38, la principale force opérationnelle de la IIIe flotte dirigée par l'amiral Halsey, est déployée au large des Philippines, où l'armée de MacArthur livre de violents combats à terre. La « TF 38 » est alors une véritable armada : elle compte 7 porte-avions lourds et 6 légers, qui totalisent 800 avions et sont escortés par 9 cuirassés, 16 croiseurs et 60 destroyers ! Ces derniers jours, la TF 38 a soutenu l'offensive américaine contre l'île de Mindoro en détruisant 270 avions japonais. Encore grisés par la victoire, ces valeureux marins ignorent que, depuis quelques jours, une dépression s'est formée au milieu du Pacifique, alimentée par les eaux chaudes de ce dernier. Bientôt animée par la force de Coriolis, la dépression crée un effet de vortex et s'enroule autour d'un œil… Au bout de quelques jours, la dépression est devenue une véritable tempête tropicale, accompagnée de pluies abondantes et de vents dont la vitesse est supérieure à 120 kilomètres par heure.

Le problème, c'est que tout le monde l'ignore, ou presque. L'US Navy ne prend connaissance de l'existence de la tempête que lorsqu'elle atteint l'archipel des Mariannes. Et, à ce moment, nul ne peut dire si elle va se renforcer ou au contraire se dissiper, et encore moins quelle sera sa trajectoire. Pourtant, se fondant sur les très maigres données dont il dispose, Reid Bryson, un météorologue de l'US Air Force, pense que la tempête pourrait se muer en typhon et menacer la TF 38. Il envoie alors un message à la IIIe flotte, mais l'amiral Halsey l'ignore : sa seule préoccupation pour le moment est de ravitailler en carburant ses bâtiments, qui après plusieurs jours d'opérations sont presque à sec.

Halsey donne donc aux navires de la TF 38 un point de rendez-vous avec les pétroliers ravitailleurs… sans savoir que l'endroit en question se trouve en plein sur la trajectoire du typhon ! Non prévenus par leur hiérarchie, sans données météorologiques disponibles, les marins de la TF 38 ne découvriront l'existence du typhon que lorsqu'ils se trouveront déjà pris à l'intérieur. Bien sûr, ils avaient remarqué que la mer commençait à grossir et le ciel à noircir, mais ils pensaient affronter un simple grain ou une petite tempête : pas de quoi effrayer des destroyers de 115 mètres de longueur, et encore moins des croiseurs de 10 000 tonnes ! À bord de son énorme cuirassé de 50 000 tonnes, l'amiral Halsey remarque à peine la forte houle qui commence à agiter le bateau. Mais alors que les navires de la flotte arrivent au point de rendez-vous, il n'est plus possible de s'y tromper : ce qu'on prenait pour un simple grain est bien un véritable typhon, dont l'œil apparaît sur les écrans radar. Malgré des conditions déjà dantesques, il faut absolument ravitailler : on s'approche des pétroliers, mais l'opération est rendue extrêmement difficile par les creux de 12 mètres et par le vent qui souffle déjà à plus de 120 kilomètres par heure. Les tuyaux s'arrachent, les hommes manquent de tomber à la mer. Le ravitaillement s'avère impossible. Cela ne fait qu'empirer la situation, car, avec leurs soutes vides, les destroyers manquent de lest et sont encore plus secoués par la houle et le roulis. À bord du destroyer *USS Aylwin*, le commandant a l'idée de remplir les soutes à mazout vides par de l'eau de mer, ce qui lui permet d'être un peu plus stable.

Finalement, devant la situation critique, il faut rompre la formation et laisser chaque navire libre de suivre la route la mieux adaptée à sa survie. L'amiral Halsey se contente de donner un point de rendez-vous pour le lendemain, plus au nord. Malheureusement, en suivant cette route, la flotte va faire route parallèlement au cyclone, qui se renforce encore. La journée du lendemain, 17 décembre, est cauchemardesque. Alors que les vents soufflent jusqu'à 220 kilomètres par heure, la mer est agitée de creux de 20 mètres. Les navires de guerre sont soumis à de terribles contraintes : même les plus gros porte-avions et cuirassés accusent une gîte – inclinaison transversale – de 45° ! Sur le pont des porte-avions, les chasseurs tombent à la mer, tandis que ceux dans les garages se fracassent les uns contre les autres et provoquent des incendies. À bord des destroyers, plus légers, la situation est pire encore : sur certains navires, la gîte atteint jusqu'à 75°… Autant dire qu'il devient plus facile de marcher aux murs que sur le sol ! Dans la panique, les marins se cramponnent à tout ce qu'ils peuvent, en priant pour que la structure du navire résiste. Le supplice dure ainsi des heures. Des dizaines d'hommes tombent à la mer. Même à bord des plus gros navires, les superstructures sont ravagées. Certains navires ne survivront pas au typhon : l'*USS Spence*, l'*USS Hull* et l'*USS Monaghan* sont engloutis par les flots en furie, et avec eux 775 marins. Alors que la tempête fait encore rage, et qu'il est lui-même sévèrement endommagé, l'*USS Tabberer* tente de porter secours aux marins tombés à la mer : 55 d'entre eux seront sauvés grâce au lieutenant Page, qui sera le premier récipiendaire de la Legion of Merit. D'autres navires parviendront à secourir 38 autres rescapés. Quant au typhon Cobra, il disparaît aussi vite qu'il est apparu. Le désastre n'aura pas d'incidence sur l'issue de la guerre, mais il montre le besoin criant de prévisions météorologiques fiables et permanentes dans le Pacifique. Enfin, il inspirera à l'écrivain Herman Wouk son roman *best-seller*, *Ouragan sur le Caine*.

Il ne faut pas oublier qu'avant 1961 nous n'avions aucune image satellite pour suivre l'évolution des systèmes météo sur les océans ou sur les pôles. C'est pour cela que la France avait disposé sur le proche Atlantique deux bateaux (*France 1* et *France 2*) qui se relayaient pour avertir de l'arrivée des tempêtes. Ces deux bateaux ont été désarmés en 1985 avec l'arrivée des satellites.

Nagasaki, condamnée par la météo (1945)

Les 6 et 9 août 1945 seront à jamais marqués d'une pierre noire dans l'histoire de l'humanité, car, pour la première et unique fois à ce jour, la bombe atomique a été utilisée dans le cadre d'un conflit. À 3 jours d'intervalle, les villes japonaises d'Hiroshima et de Nagasaki ont été rayées de la carte en quelques secondes. Et pourtant, Nagasaki ne devait pas être détruite ce jour-là… À l'instar du *Titanic*, elle a été condamnée par le beau temps, alors même qu'en ces deux jours funestes la ville de Kokura était sauvée de la destruction par deux fois, elle aussi grâce à la météo !

Voyons comment. En cet été 1945, la Seconde Guerre mondiale touche à sa fin. L'Allemagne hitlérienne a déjà capitulé, mais le Japon oppose une résistance désespérée : la guerre du Pacifique a été le théâtre de combats acharnés. À Iwo Jima, un îlot sans importance, 22 000 soldats japonais ont préféré se faire exterminer sur place plutôt que de se rendre. Depuis des semaines, le Japon est bombardé en permanence, mais sans aucun effet : les dirigeants japonais refusent de céder. À la fin du mois de juillet, le président américain Harry S. Truman, qui vient de succéder à Roosevelt, décide d'employer l'arme atomique non seulement pour forcer enfin Tokyo à la capitulation, mais aussi pour faire une démonstration de force face à Moscou – la guerre froide couve déjà. Le programme Manhattan vient tout juste d'aboutir : le 16 juillet, la toute première bombe nucléaire avait explosé sur le site d'essai d'Alamogordo, dans le désert du Nouveau-Mexique. Les bombes larguées sur le Japon seront les deuxième et troisième de l'Histoire à exploser, cette fois sur des dizaines de milliers de civils innocents.

Mais sur quelles villes précisément ? Les Américains ont dressé une liste d'objectifs potentiels, parmi lesquels ne figure pas Tokyo, tout simplement parce que la ville a déjà été en grande partie détruite par des bombardements « classiques », ce qui aurait amoindri l'effet d'une explosion atomique. La liste initiale de cibles comprend donc Kyoto, la capitale historique du Japon, aujourd'hui inscrite au patrimoine mondial de l'Unesco, ainsi que les villes d'Hiroshima, Yokohama, Kokura et Niigata. Cette liste sera rapidement modifiée. Secrétaire d'État à la Guerre, Henry L. Stimson connaît personnellement Kyoto et ses trésors patrimoniaux – il y avait passé sa lune de miel avant guerre ! – et demande à toute force que la ville millénaire soit épargnée. Yokohama sera écartée également, parce que bombardée de façon classique dans l'intervalle. Finalement, quatre cibles sont retenues : Hiroshima, ville historique dont la topographie très peu accidentée devrait permettre une destruction complète, sans que certains quartiers soient protégés par le relief ; Kokura, où se trouvait un important arsenal ; Niigata, un grand port de la côte ouest ; et enfin Nagasaki, grand port et grande ville industrielle à l'extrême-sud du pays. Quatre cibles pour deux bombes, de façon à avoir pour chaque bombe une solution de repli.

Hiroshima et Kokura sont les deux cibles principales, Niigata et Nagasaki les cibles alternatives. Le 6 août 1945, c'est donc en direction d'Hiroshima que s'envole un bombardier B-29 – baptisé *Enola Gay*, du nom de la mère du commandant – avec à son bord une bombe atomique à l'uranium, surnommée Little Boy. Si un largage sur Hiroshima devait s'avérer impossible, c'est la ville de Kokura qui servira de remplaçante. Mais, d'après les avions d'observation, les conditions météorologiques au-dessus d'Hiroshima sont idéales : peu ou pas de nuages, ce qui permet de bien identifier la ville et de larguer la bombe précisément au centre de l'agglomération.

Larguée à 8 h 15 à 9 450 mètres d'altitude, la bombe explose 40 secondes plus tard, alors qu'elle se trouve encore à 580 mètres d'altitude. Hiroshima est anéantie en quelques secondes par une déflagration dont la force surprend jusqu'aux Américains eux-mêmes, qui avaient sous-estimé la puissance de leur bombe. Cette première attaque est suivie d'un ultimatum de Truman, qui invite le Japon à se rendre, tandis que les bombardements classiques se poursuivent – sur la durée, ils feront 10 fois plus de victimes que les deux bombes atomiques ! Les dirigeants du Japon restant inflexibles, un second bombardement a lieu le 9 août 1945. De nouveau, un bombardier B-29 chargé d'une bombe atomique – au plutonium, cette fois – décolle en direction du Japon. La cible prioritaire est Kokura. Opérée une heure avant le bombardement, la reconnaissance aérienne estime que le bombardement est faisable malgré quelques nuages. Mais lorsque le B-29 *Bockscar*, à bord duquel se trouve la bombe Fat Man, arrive à proximité de Kukora, une couverture nuageuse d'une densité de 70 % recouvre la ville. Impossible de viser à coup sûr. Après trois survols, le bombardier américain et son escorte se dirigent vers la cible de remplacement : Nagasaki. Une seconde fois, Kokura aura été sauvée par la météo. Plus précisément par le climat subtropical humide spécifique au Japon, à l'origine d'étés chauds et pluvieux. Au mois d'août particulièrement, si les pluies se font plus rares qu'au mois de juillet, le temps est souvent très variable, comme le montre le cas de Kokura en ce matin du 9 août 1945, où une couverture nuageuse dense s'est mise en place en moins d'une heure. D'ailleurs, les experts américains avaient évalué qu'à Tokyo, au mois d'août, voir deux jours de très beau temps consécutifs devait se produire… une fois tous les six ans !

À 10 h 58, le bombardier *Bockscar* largue son engin de mort, qui explose à 469 mètres d'altitude, entre les deux principaux pôles industriels de la ville. L'explosion est plus puissante encore qu'à Hiroshima : Nagasaki est rasée sur près de 4 kilomètres carrés. Au total, les deux bombes auront tué entre 108 000 et 220 000 personnes – hommes, femmes, enfants. La météo a sauvé Kokura, mais elle ne peut rien contre la folie humaine. Quelques jours plus tard, la reddition du Japon allait enfin mettre un terme à la guerre. Elle est officiellement attribuée à l'usage de l'arme atomique, mais les historiens s'accordent désormais pour considérer que c'est l'offensive russe en Mandchourie qui a contraint à la reddition les dirigeants japonais, pour lesquels le massacre de centaines de milliers de civils n'avait que peu d'importance.

Quand la foudre s'abat sur des missiles nucléaires ! (1962)

En 1962, le monde est passé plus près que jamais d'une guerre nucléaire apocalyptique. En raison de la crise des missiles de Cuba, bien sûr, mais pas seulement. Cette année-là, en effet, la météo aussi a fait des siennes et a bien failli précipiter le monde dans un véritable désastre, en armant des missiles nucléaires américains, braqués tout droit sur l'Union soviétique… Pour tout comprendre, il faut remonter une quinzaine d'années plus tôt : la Seconde Guerre mondiale est à peine terminée que la guerre froide débute déjà. Pour les États-Unis, les bombes nucléaires larguées sur Hiroshima et Nagasaki en août 1945 avaient été le moyen de faire plier le Japon autant que de se livrer à une première démonstration de force face à l'ogre soviétique. Entre l'Amérique capitaliste et la Russie communiste, ce sont deux idéologies, deux modèles économiques et politiques diamétralement opposés qui s'affrontent. Un duel de titans, dans lequel l'arme nucléaire va jouer un rôle essentiel, heureusement sans être jamais mise en action.

Les États-Unis, on le sait, furent les premiers à disposer de la bombe atomique, dès 1945. Mais le programme nucléaire russe n'a qu'un léger retard : Moscou fait exploser sa première bombe en 1949. Dès lors, les deux superpuissances sont engagées dans un *statu quo* de dissuasion nucléaire : de part et d'autre, on se regarde en chiens de faïence, en sachant que tout usage de l'arme atomique contre l'adversaire entraînera la destruction quasi totale des deux belligérants. L'épée de Damoclès pèse au-dessus des populations. Mais, dans un camp comme dans l'autre, pour que la dissuasion nucléaire soit effective, il faut non seulement avoir des bombes, mais surtout être capable de frapper l'adversaire sur ses terres, à une époque où les missiles intercontinentaux, capables de franchir des distances supérieures à 5 000 kilomètres, sont pratiquement inexistants : les tout premiers sont apparus en 1957 et 1959 respectivement dans les deux camps, mais il n'en existe encore que quelques unités. Pour toucher l'ennemi sur son sol, il faut larguer les bombes depuis des bombardiers stratégiques, lancer des missiles depuis des sous-marins, ou bien tout simplement installer des missiles balistiques de portée intermédiaire dans un pays voisin de l'adversaire. Sous cet aspect, les Américains ont un net avantage, car ils disposent en Europe d'alliés proches du territoire de l'URSS, alors que l'inverse n'est pas vrai…

Du moins pas avant 1962, lorsque la Russie installe des rampes de lancement de missiles balistiques sur le sol cubain. Le 15 octobre de la même année, lorsque le gouvernement américain découvre l'existence de ces rampes situées à seulement 150 kilomètres de la Floride, éclate la crise qui place le monde au bord de l'apocalypse nucléaire. Heureusement, le pire est évité, et cela grâce à la responsabilité de Kennedy et de Khrouchtchev, qui se livrent un bras de fer diplomatique sans merci, mais sans céder à la violence. Finalement, Kennedy parvient à faire plier Khrouchtchev, qui est contraint de retirer les missiles de Cuba, mais obtient en échange de très importantes concessions de la part du président américain.

Les États-Unis, de leur côté, n'avaient pas attendu si longtemps pour installer des missiles balistiques à proximité du territoire de leur adversaire. Dès 1958, la superpuissance américaine avait exprimé son désir de déployer des batteries de missiles Jupiter armés de bombes atomiques en France, mais les Américains s'étaient alors heurtés au refus du général de Gaulle, fraîchement élu président de la toute nouvelle Ve République. Il faut donc négocier avec d'autres : l'Italie, la Grande-Bretagne et la Turquie. Les accords trouvés avec ces différents pays dès 1959 prévoient de déployer 2 batteries de 15 missiles PGM-19 Jupiter en Italie du Sud, 4 batteries en Grande-Bretagne autour de Nottingham, et enfin une batterie près d'Izmir en Turquie. En Italie, les missiles installés dans la région des Pouilles, autour de la base aérienne de Gioia del Colle, sont actionnés par l'armée de l'air italienne, seules les ogives nucléaires qu'ils contiennent – d'une puissance de 1,4 mégatonne, soit 500 fois la bombe d'Hiroshima – étant contrôlées par l'US Air Force.

Mais la ville de Gioia del Colle, autour de laquelle sont répartis les lanceurs, se trouve sur le haut plateau des Murge, qui culmine à 700 mètres d'altitude. Dans cette région, le climat méditerranéen et le relief rendent les orages très fréquents, particulièrement entre mai et septembre, mais aussi parfois en hiver. Or, la nature n'épargne pas les rampes de lancement de missiles nucléaires, dont les hautes structures métalliques font même des cibles de choix lors des orages ! Si bien qu'à quatre reprises, entre octobre 1961 et août 1962, la foudre s'est abattue sur des missiles balistiques Jupiter portant des ogives nucléaires. Les piles thermiques qui alimentent le missile ont alors été activées. Pis encore : dans deux cas, le gaz de poussée destiné à amorcer la réaction nucléaire a été injecté dans les ogives, qui étaient ainsi partiellement armées. Naturellement, les militaires responsables du site ont immédiatement mis fin au processus de mise à feu. Et pour éviter tout accident, des tours paratonnerres ont finalement été installées autour des rampes de lancement. Mais, sans même que le monde le sache, la météo n'est pas passée loin de déclencher une attaque nucléaire qui aurait pu s'avérer dramatique, et cela quelques mois seulement avant la crise des missiles de Cuba.

D'ailleurs, on ne l'apprit que bien plus tard, mais, parmi les conditions de l'accord secret passé entre Khrouchtchev et Kennedy pour mettre fin à la crise, le dirigeant russe avait obtenu le retrait des missiles implantés en Italie et en Turquie, lesquels ont été désinstallés dès 1963.

Quand la météo devient une arme (1967)

Dans l'Histoire, de nombreuses batailles ont été remportées ou perdues à cause de la météo : la pluie, le froid, le vent ou même le brouillard ont souvent aidé les stratèges les plus brillants, capables de les exploiter à leur avantage. Cependant, même Napoléon ou Alexandre le Grand n'avaient fait qu'utiliser au mieux des conditions météorologiques déjà existantes. Durant la guerre du Vietnam, l'armée américaine est allée beaucoup plus loin, à partir d'une idée toute simple : et s'il était possible de provoquer des conditions météorologiques jugées favorables ? C'est ainsi qu'est née l'une des opérations les plus étonnantes du terrible conflit vietnamien, au cours des années 1960.

Les États-Unis, on le sait, s'étaient engagés militairement au Vietnam afin de lutter contre l'expansion du communisme en Asie. En effet, quelques années après l'évacuation de l'Indochine par la France, le régime communiste nord-vietnamien, soutenu par la Chine, avait tenté de s'emparer militairement de la partie sud du pays, dont le président – à vrai dire désigné sous influence américaine… – refusait l'unification du pays. Après avoir envoyé du matériel et des soldats qui n'étaient au départ que de simples « conseillers militaires », les États-Unis s'étaient trouvés pris dans l'engrenage, et, malgré le mauvais pressentiment du président Lyndon Johnson, avaient fini par s'engager pleinement dans le conflit vietnamien : dès 1967, plus de 400 000 soldats américains combattent au Vietnam. Malgré ces forces impressionnantes, les États-Unis piétinent : dans une jungle montagneuse favorable à la guérilla, ils n'obtiennent pas de résultat probant.

Si l'armée américaine s'enlise au Vietnam, c'est aussi parce que les forces nord-vietnamiennes combattant dans le sud du pays sont constamment ravitaillées et renforcées depuis le nord par la « piste Hô Chi Minh », du nom du leader nord-vietnamien. Serpentant à travers la montagne et la jungle du Laos, cette route prend l'aspect d'un complexe réseau de sentiers et de pistes en terre battue, composé d'innombrables embranchements et itinéraires parallèles. C'est grâce à ces pistes que les combattants nord-vietnamiens reçoivent un matériel militaire moderne, fourni par les grandes puissances communistes. Les Américains l'ont bien compris : la piste Hô Chi Minh est le nerf de la guerre. Il suffirait de couper l'approvisionnement en matériel et en vivres aux combattants nord-vietnamiens, et le conflit serait pratiquement gagné. C'est pourquoi la piste devient rapidement la cible numéro 1 de l'armée américaine : des centaines de milliers de tonnes de bombes sont larguées pour détruire les chemins.

Mais la complexité même du réseau, qui permet d'utiliser des itinéraires de substitution, et la rapidité des réparations – des dizaines de milliers de travailleurs veillent en permanence à la reconstruction des portions détruites – rendent ces bombardements inefficaces. En revanche, les Américains ont remarqué que, durant la saison de la mousson, l'approvisionnement par la piste Hô Chi Minh se fait moins efficient, et pour cause : les pluies diluviennes qui s'abattent sur les pistes en terre les transforment en bourbiers, quand elles ne sont pas inondées ou emportées par des glissements de terrain. Si la saison de la mousson dure d'avril à octobre au Vietnam, ce n'est toutefois que lorsque les pluies sont le plus abondantes, entre juin et août, que les pistes deviennent vraiment impraticables. Alors, une idée émerge au sein du département de la Défense américain : ne pourrait-on pas faire en sorte d'aggraver et de prolonger cette période humide, afin de profiter au maximum des difficultés de ravitaillement de l'ennemi ? Il faudrait pour cela être capable de contrôler le temps, ou, du moins, la pluie.

Or, depuis les années 1940, une technologie permet de « faire pleuvoir » : c'est la technique de l'ensemencement des nuages. Le principe ? Il est assez simple, si l'on connaît la nature et le fonctionnement d'un nuage de pluie. En effet, lorsqu'il ne produit pas de la pluie, un nuage est constitué de minuscules gouttelettes d'eau ou cristaux de glace, si fins et si légers que la pesanteur ne suffit pas à les faire tomber au sol : ces microgouttelettes restent en suspension dans l'air et forment le nuage lui-même. Lorsque les conditions sont réunies pour qu'il pleuve, ces microgouttelettes s'entrechoquent et se grossissent mutuellement, formant alors des entités de plus en plus grosses, jusqu'à devenir trop lourdes pour que l'air les supporte : elles deviennent alors des gouttes de pluie, qui vont chuter jusqu'au sol. Lorsque la température du nuage est inférieure à 0 °C, ce qui est fréquent en altitude, ce sont des cristaux de glace qui se forment, mais, la plupart du temps, ils fondent durant le trajet et atteignent le sol sous forme de pluie également. Tout cela étant dit, comment faire pleuvoir un nuage qui ne pleut pas ? Il suffit de l'« ensemencer » en y projetant des éléments chimiques capables d'agglomérer autour d'eux les gouttelettes ou les cristaux. On peut utiliser des sels de sodium, du calcium, du magnésium, ou encore de la neige carbonique, mais la technique la plus couramment employée est celle des microcristaux d'iodure d'argent, dont la structure moléculaire est très proche de celle de la glace.

Mais comment envoyer de l'iodure d'argent dans un nuage ? Il existe plusieurs méthodes. La plus simple, mais aussi la moins précise, est de faire diffuser l'iodure d'argent par des générateurs au sol, qui prennent la forme de gros brûleurs. L'air chaud et les courants ascendants permettent alors d'emporter l'iodure d'argent jusque dans le nuage – c'est d'ailleurs une technique employée couramment aujourd'hui par les vignerons lors des épisodes de grêle, car elle permet de multiplier les grêlons et de les rendre plus petits, donc moins destructeurs. Cependant, le procédé le plus efficace pour faire pleuvoir consiste à « saupoudrer » directement le nuage depuis un avion volant au-dessus de lui. C'est celui que choisissent d'employer les Américains au Vietnam. À partir de 1967, un programme baptisé « opération Popeye » voit le jour. Son objectif est simple : procéder quotidiennement à l'ensemencement des nuages afin de provoquer des précipitations plus abondantes, et de prolonger au maximum la saison de la mousson, de 30 à 45 jours supplémentaires, tout cela naturellement pour rendre la piste Hô Chi Minh impraticable. Après des expérimentations concluantes réalisées notamment au Japon, en Floride et aux Philippines, l'opération Popeye est mise en application sur le terrain.

Elle doit toutefois rester secrète, car le secrétaire d'État à la Défense, Robert S. McNamara, est conscient que ces tentatives de dérèglement de la météorologie pourraient provoquer un tollé auprès de l'opinion et de la communauté scientifique internationale. L'état-major américain décide alors d'employer le 54e escadron de reconnaissance météorologique, comprenant 3 avions de transport Hercules C-130 et 2 avions multirôles F-4C Phantom, affectés à la base aérienne d'Udon Thani en Thaïlande. À partir du 20 mars 1967, ces appareils sont envoyés à tour de rôle et à raison de 2 missions quotidiennes, officiellement pour des missions de reconnaissance météorologique, mais en réalité pour procéder à l'ensemencement des nuages et provoquer des précipitations diluviennes. Détournant le slogan pacifiste habituel, les membres de l'escadron utilisent entre eux l'expression « *Make mud, not war* », « Faites de la boue, pas la guerre » !

L'opération est prolongée autant que possible, c'est-à-dire tant que les nuages sont présents, jusqu'en novembre. Elle sera renouvelée dès le mois de mars suivant, puis chaque année par la suite. Au total, entre 1967 et 1972, les Américains auront réalisé quelque 2 300 missions de dispersion d'iodure d'argent. Mais pourquoi l'opération Popeye a-t-elle finalement été interrompue, alors qu'elle portait ses fruits ? Tout simplement parce que son existence est révélée par un article paru dans le *New York Times*, le 3 juillet 1972. Face au scandale, le programme est arrêté 2 jours plus tard. À la suite de cette révélation, le Congrès et le Sénat américains adoptent une série de résolutions interdisant d'utiliser les dérèglements météorologiques à des fins militaires ou hostiles. Les mêmes principes seront ensuite intégrés à la convention de Genève sur la modification de l'environnement, de sorte que de telles méthodes n'ont – en théorie – plus cours aujourd'hui dans le cadre des conflits internationaux. Alors, machiavéliques, ces Américains qui se permettent de dérégler la météo de leurs ennemis ? Nous serions mal placés pour donner des leçons, car, 13 ans avant le début de l'opération Popeye, l'armée française avait tenté d'utiliser la même technique dans le cadre de la guerre d'Indochine ! Mais la défaite de Diên Biên Phu avait mis un terme au conflit alors que les opérations d'ensemencement avaient tout juste commencé…

Et puis sommes-nous bien sûrs que cette méthode est aussi efficace que certains voudraient le faire croire ? Enfin sommes-nous sûrs de vouloir jouer aux apprentis sorciers ? Toucher à la formidable machine thermique qui régule notre temps et le maintient respirable et vivable pourrait avoir des conséquences imprévues et incontrôlables.

Au Bangladesh, un cyclone révolutionnaire ! (1970)

Si elle a bien souvent joué un rôle indirect dans le déclenchement de révoltes, il est rare que la météo se trouve directement à l'origine d'une révolution. C'est pourtant ce qui s'est passé en 1970 au Pakistan oriental, où le terrible cyclone de Bhola a déclenché une révolution qui allait donner naissance à un nouveau pays : le Bangladesh.

Il faut dire que la catastrophe qui s'abat sur la région dans la nuit du 12 au 13 novembre 1970 prend des proportions jamais vues. Plus de 50 ans après, il reste aujourd'hui le cyclone le plus meurtrier de l'Histoire, avec au moins 240 000 morts reconnus officiellement. Un bilan effroyable, qui va jouer un rôle important dans le déclenchement d'une véritable révolution et d'une guerre d'Indépendance… En 1970, en effet, le Pakistan est encore un pays de création récente : il est né en 1947, au moment de la partition des Indes. À cette date, l'immense Empire britannique qui s'étendait sur le sous-continent indien est divisé en deux États distincts : l'Inde, à la population essentiellement hindoue, et le Pakistan, à majorité musulmane. Malheureusement, la séparation ne s'est pas faite sans heurt : d'un côté comme de l'autre, les minorités restées du mauvais côté de la frontière ont été victimes de massacres communautaires, pour un bilan effroyable évalué à près de 2 millions de morts. La nouvelle partition s'est donc accompagnée de l'un des plus grands déplacements de population de l'Histoire : 10 millions de personnes ont migré de part et d'autre de la frontière, les musulmans vers le Pakistan et les hindous vers l'Inde.

Le nouvel État du Pakistan avait la particularité d'être divisé en deux territoires distincts : d'une part le Pakistan occidental, centré sur la région du Pendjab, à l'ouest de l'Inde ; d'autre part le Pakistan oriental, correspondant à une partie de l'ancienne région du Bengale, à l'est de l'Inde. Le Pakistan oriental se retrouvait ainsi isolé à plus de 1 500 kilomètres du Pakistan occidental, où se trouvaient la capitale et les forces vives du pays. Dès lors, les autorités du Pendjab ont eu tendance à délaisser le Pakistan oriental, et cela d'autant plus lorsqu'une dictature militaire est instaurée en 1958. À partir de ce moment, il faudra attendre 12 années pour que de premières élections libres soient organisées : elles sont prévues pour le mois de décembre 1970. Face au parti des militaires, la ligue Awami, d'orientation socialiste et laïque, milite pour une réforme agraire en faveur des populations défavorisées, mais aussi et surtout pour l'indépendance du Pakistan oriental. Les élections à venir s'annoncent donc comme un grand moment démocratique, qui pourrait déboucher sur l'indépendance des Bengalis…

C'est dans ce contexte effervescent qu'au début du mois de novembre un terrible cyclone s'apprête à frapper le Pakistan oriental. À l'origine, une simple tempête tropicale comme on en connaît tant. En provenance du Pacifique, elle a traversé la mer de Chine et le golfe de Thaïlande, et semble déjà à bout de souffle lorsqu'elle pénètre dans l'océan Indien. Il se produit alors un étonnant redéveloppement : les restes de la tempête créent une dépression dans le golfe du Bengale et reprennent de la vigueur, tout en restant presque sur place. Lorsqu'elle commence à se diriger vers le nord, en direction du Bengale, la tempête évolue en un véritable cyclone tropical et continue à s'intensifier. Au moment où le monstre météorologique touche les côtes du Pakistan oriental, des rafales à 205 kilomètres par heure sont enregistrées. Des vents violents, mais pas exceptionnels dans le contexte d'un cyclone tropical.

Alors, pourquoi ont-ils déclenché une telle catastrophe ? Parce que l'arrivée du cyclone sur le littoral du Pakistan oriental coïncide avec la marée haute, qui engendre alors une onde de tempête : les vents soufflent tellement fort à la surface de l'océan que la dépression ainsi créée soulève le niveau de la mer. Lorsque ce phénomène coïncide avec une marée haute à fort coefficient, le littoral risque d'être submergé. Dans le delta du Gange, le cyclone a créé une onde de tempête évaluée à 10 mètres au-dessus du niveau moyen de la mer. C'est-à-dire bien davantage que la plupart des terres émergées bordant le littoral. En clair, le Pakistan oriental affronte un véritable tsunami, mais d'origine météorologique et non sismique. Ce qui se produit – en pleine nuit – lorsque le cyclone touche le littoral dépasse l'entendement : de nombreuses îles côtières sont recouvertes par les flots. Dans la zone sinistrée, 85 % des maisons sont détruites. Les récoltes de riz sont anéanties. Deux aéroports sont noyés sous un mètre d'eau et 9 000 bateaux de pêche ont été détruits ; 280 000 têtes de bétail sont mortes noyées. Enfin, et surtout, 240 000 personnes – hommes, femmes et enfants – ont perdu la vie, dans des conditions atroces : emportées par les flots en pleine nuit, tentant de survivre durant de longues minutes dans le chaos, et finalement noyées. Parmi les dizaines de milliers de blessés, nombreux sont ceux qui ont les bras, les jambes et le torse déchirés de plaies, à force de s'être agrippés durant des heures à des troncs d'arbre pour ne pas être emportés.

De mémoire d'homme, jamais un cyclone n'avait engendré une catastrophe si meurtrière. Face à cette tragédie, que fait le gouvernement pakistanais pour ses compatriotes bengalis ? Rien, ou presque. Au contraire, devant l'ampleur inouïe de la tragédie, la communauté internationale se mobilise. Même l'Inde propose une aide logistique et financière, malgré le conflit qui couve entre les deux pays. Mais le gouvernement pakistanais refuse ce geste, préférant abandonner près de 3 millions de Bengalis à leur sort plutôt que de saisir la main tendue. Finalement, les victimes du cyclone ne peuvent compter que sur l'aide apportée par les pays étrangers : Grande-Bretagne, États-Unis et Iran en tête. Grâce à leurs hélicoptères et équipes de secours, des vivres, des médicaments et du matériel peuvent être livrés aux survivants. Plus urgent encore peut-être, on répare les puits, de façon que les millions de sinistrés puissent avoir accès à de l'eau potable.

Pour son inaction, le gouvernement pakistanais est accusé de négligence grave, ce que la ligue Awami ne manque pas de dénoncer, en organisant des marches de protestation. L'effet politique est immédiat : aux élections – finalement repoussées en janvier en raison de la catastrophe – et alors que le Bengale panse encore ses plaies, la population vote massivement pour la ligue Awami. Malgré ce succès, le gouvernement pakistanais refuse d'accéder aux demandes du parti populaire. Une grève générale éclate. Le 25 mars 1971, la ligue Awami proclame l'indépendance du Pakistan oriental. La guerre devient inévitable. Soutenus par l'Inde, les rebelles bengalis l'emportent. Au mois de décembre, un an après le passage du cyclone de Bhola, le Bangladesh était né.

Les grandes plaines chargées d'alluvions et de nutriments favorisent le développement de l'agriculture et de la pêche, mais elles sont très vulnérables à la montée des eaux et aux moussons souvent dévastatrices.

Le cyclone Tracy favorise l'indépendance du Territoire du Nord (1974)

C'est l'histoire d'une petite ville peuplée de gens courageux, d'un gouvernement fédéral envahissant, et d'un cyclone nommé Tracy. Un tout petit cyclone : le plus compact jamais enregistré par les services météo à l'époque… Mais le soir de Noël de l'année 1974, ce tout petit cyclone s'abat en plein sur la ville de Darwin, sur la côte nord de l'Australie. Des vents à 240 kilomètres par heure détruisent la ville et font des centaines de victimes. Paradoxalement, cette terrible catastrophe météorologique allait fournir aux habitants de Darwin l'occasion de s'émanciper du gouvernement fédéral australien, et d'acquérir de nouveaux droits pour tout le Territoire du Nord. Car, à l'instar des États-Unis d'Amérique, l'Australie – ou plus exactement le Commonwealth d'Australie – est un pays composé de 6 États, auxquels s'ajoutent 10 territoires dont le statut et l'autonomie sont inférieurs. La plupart de ces territoires sont de petits archipels situés dans les océans voisins. En Australie continentale, en revanche, on ne trouve pratiquement que des États, comme le Queensland, le Victoria, ou l'Australie-Occidentale. Si l'on excepte le Territoire de la baie de Jervis (391 habitants !), seules deux entités n'ont pas le statut étatique : le minuscule « Territoire de la capitale australienne », où se trouve Canberra ; et l'immense Territoire du Nord, qui couvre plus de 1 300 000 kilomètres carrés, soit deux fois et demie la superficie de la France.

Pourquoi une entité d'une telle ampleur n'a-t-elle pas le statut d'État ? Parce que le Territoire du Nord n'abrite qu'une faible population : encore aujourd'hui, on n'y compte que 245 000 habitants. Cette très faible densité de population s'explique par un environnement rude : l'essentiel de la région est soumis à un climat aride ou désertique, tandis que la côte nord – où se trouve la ville de Darwin – est régulièrement balayée par les tempêtes tropicales. Jusqu'au milieu des années 1970, le Territoire du Nord n'avait donc pratiquement aucune autonomie vis-à-vis du gouvernement fédéral, l'assemblée locale n'ayant que des pouvoirs symboliques. Capitale du Territoire, la ville de Darwin concentrait alors presque la moitié de la population, soit 49 000 habitants. Avec derrière eux une histoire remplie d'épreuves : en 1897 et 1937 déjà, la ville avait été balayée par deux cyclones destructeurs, et s'en était relevée. Le 19 février 1942, c'est encore Darwin qui avait été la cible de la pire opération militaire jamais subie par l'Australie sur son sol : 242 appareils japonais avaient alors bombardé la ville et son port, où se trouvait une importante flotte militaire. Mais Darwin s'en était relevée, comme toujours.

Jusqu'à ce soir funeste de Noël de l'année 1974. Les habitants de Darwin se préparent à réveillonner. Dès le soir du 21 décembre, pourtant, les services de météorologie avaient identifié sur la mer d'Arafura un début de cyclone se dirigeant vers le sud-ouest. Le phénomène est étonnamment compact : avec seulement 95 kilomètres de diamètre, c'est le plus petit cyclone qu'on ait jamais vu ! Mais la formation d'un œil au centre du système ne laisse aucun doute sur sa nature… et sur la violence des vents. Baptisé Tracy, le cyclone est étroitement surveillé, mais sa trajectoire laisse penser qu'il devrait passer un peu au large de Darwin, sur la mer de Timor. Au matin du 24 décembre, pourtant, Tracy change brutalement de trajectoire : il bifurque à 90° et se dirige vers le sud-est, droit en direction de Darwin ! Les services de météorologie lancent l'alerte, mais les habitants sont tellement habitués à ce genre d'annonce qu'ils n'y prêtent guère attention : 10 jours plus tôt encore, l'alerte avait été donnée pour le cyclone Selma, qui était finalement resté au large. Pas de quoi gâcher les joies du réveillon ! On s'affaire donc bien davantage à préparer les réjouissances qu'à prendre des précautions qu'on estime inutiles.

Pourtant, Tracy poursuit sa course et se dirige droit sur la ville. Vers la fin de l'après-midi, le ciel se couvre et une forte pluie s'abat sur Darwin. Durant les dernières heures de la soirée, les vents deviennent très violents et causent de premiers dégâts. Juste après minuit, l'œil du cyclone passe entre l'aéroport et la banlieue nord ! Dans les rues de la ville, les rafales ont atteint au moins 240 kilomètres par heure. Pour des maisons construites « à l'américaine », avec structure de bois et couverture de tôle, de tels vents sont synonymes de destruction complète. Plongés dans le noir, les habitants se réfugient dans les caves ou dans l'endroit le plus solide de la maison, mais, un à un, les toits sont arrachés, les murs abattus, tandis que tous les débris charriés par les bourrasques à des vitesses folles se transforment en machines de mort. Les vents ne s'apaisent qu'à la toute fin de la nuit.

Lorsque le jour se lève, il fait apparaître un spectacle de désolation totale : les trois quarts de la ville sont détruits. Quatre maisons sur cinq ont perdu au moins leur toiture et, dans certains quartiers, seules les structures construites en métal ou en béton ont résisté. Même de grands édifices comme la mairie et la cathédrale ont été détruits. Certains habitants sont des miraculés, comme cette petite famille qui s'était réfugiée sous un lourd piano à queue alors que tous les murs de la maison s'envolaient autour d'elle ! Tous n'ont pas eu cette chance. Pour une petite ville, le bilan humain est terriblement lourd : 71 personnes ont été tuées, et des centaines d'autres blessées. Beaucoup trop pour le petit hôpital de la ville qui s'efforce pourtant de soigner tout le monde. Les routes sont coupées, le réseau électrique réduit à néant, et celui d'adduction en eau inutilisable. Face à la crise sanitaire qui éclate, les habitants privés de logement doivent être évacués. La destruction est telle que seuls 10 000 d'entre eux – un cinquième de la population – pourront rester sur place.

Mais les habitants de Darwin ont une résilience à toute épreuve. Une fois encore, comme après les cyclones de 1897 et 1937, comme après les bombardements de 1942, on reconstruit la ville. Mieux encore, on profite du drame qui s'est joué pour défendre l'autonomie du Territoire du Nord, car la gestion de la catastrophe a montré que la dépendance vis-à-vis du gouvernement central pouvait poser des problèmes en cas de crise majeure. Quelques mois avant le cyclone, d'ailleurs, le Territoire du Nord avait obtenu la création d'une véritable Assemblée législative élue, mais son représentant ne disposait toujours que de pouvoirs très limités. Il faut attendre 1978 pour que le territoire soit érigé en gouvernement responsable, dirigé par un « ministre en chef » aux pouvoirs similaires à celui du Premier ministre d'un État... Et c'est un peu grâce au cyclone Tracy. Depuis, les habitants de Darwin ont continué leur bras de fer avec le gouvernement fédéral : en 1996, le Territoire du Nord est même devenu l'une des seules régions au monde à légaliser l'euthanasie volontaire... avant que le Parlement fédéral d'Australie n'abroge la loi quelques mois plus tard ! Deux ans plus tard, et contre toute attente, la population rejette par référendum la proposition d'ériger le Territoire du Nord en État de pleine souveraineté. Pourquoi ? Parce que les conditions de ce changement de statut avaient été décidées par le gouvernement fédéral et que le ministre en chef, porteur du projet, était perçu comme trop arrogant... Preuve que le cyclone Tracy n'aura pas eu raison du caractère bien trempé des habitants de Darwin !

La Raspoutitsa au secours des Ukrainiens (2022)

Le 24 février 2022, le monde assistait stupéfait au retour d'une guerre de très grande ampleur sur le sol européen. Après avoir massé ses troupes aux portes du pays et reconnu l'indépendance des zones séparatistes du Donbass, Vladimir Poutine déclenchait contre l'Ukraine une offensive à la fois terrestre, maritime et aérienne. Près de 200 000 militaires russes envahissent le pays, simultanément sur 3 fronts, depuis la Biélorussie, la Russie et la Crimée. C'est la plus importante opération militaire en Europe depuis la fin de la Seconde Guerre mondiale. À ce moment, presque tout le monde imagine – à commencer par Poutine lui-même – que les forces militaires russes, infiniment mieux équipées que leurs adversaires, triompheront de l'Ukraine par une offensive rapide, au terme de laquelle on pourra installer à Kiev un gouvernement favorable à la Russie.

De fait, les premiers moments de la guerre tournent nettement à l'avantage de Moscou, et rien ne semble pouvoir arrêter l'offensive : les colonnes de chars et de blindés déferlent sur le pays, et, en quelques jours, elles se trouvent déjà aux portes de Kiev. C'est alors que la résistance des Ukrainiens surprend le monde entier : l'avance russe est stoppée *in extremis*, grâce à une défense acharnée.

Mais, si, en ce début du mois de mars, les Ukrainiens trouvent les ressources suffisantes pour éviter l'effondrement, c'est peut-être parce qu'ils savent qu'ils pourront bientôt compter sur un allié de poids : la Raspoutitsa. Un nom qui pourrait être celui d'une spécialité ukrainienne. De fait, c'est une sorte de soupe… La Raspoutitsa – littéralement « le temps des mauvaises routes » – désigne le moment où le sol, jusqu'ici gelé et couvert de neige, dégèle subitement, aux premiers redoux du printemps. Les champs et les chemins se transforment alors en de véritables bourbiers. Des mers de boue collante, totalement impraticables. Suivant la progression des températures, la Raspoutitsa apparaît dans le sud du pays au cours du mois de mars, et progresse généralement en quelques jours jusque dans le Nord. Le phénomène survient aussi à l'automne, sous l'effet des fortes pluies qui tombent en cette saison, et avant que le gel ne vienne solidifier la terre.

Dans les conflits du passé, déjà, la Raspoutitsa avait joué un rôle important, notamment en Russie. À l'automne 1812, elle avait handicapé Napoléon dans sa retraite : retardée par des chemins boueux où les chariots et les canons s'enlisent, l'armée française a été rattrapée par l'hiver russe, qui fit les ravages que l'on sait. Durant la Seconde Guerre mondiale aussi, la Raspoutitsa avait aidé les Russes : alors que la Wehrmacht progressait à toute allure, la boue avait imprimé un sérieux coup de frein à l'offensive d'Hitler. Elle l'avait ainsi obligé à attendre l'hiver pour lancer l'offensive contre Moscou, et, dès lors, c'est le terrible hiver russe qui avait joué en faveur des locaux, l'armée allemande – moins bien équipée face au froid – gelant littéralement sur place.

Mais, en ce mois de mars 2022, c'est cette fois contre les Russes que la Raspoutitsa a joué. Les premières images de chars russes embourbés ont soutenu le moral des Ukrainiens. Car il ne faut pas imaginer que la Raspoutitsa se contente de rendre le chemin un peu glissant et gluant : non, c'est bien une véritable mer de boue qui se forme, profonde de plusieurs dizaines de centimètres. Entraînés par leur poids colossal, les chars s'enfoncent et leurs chenilles sont inefficaces. Certains s'engluent de façon telle que seule la tourelle mobile émerge encore de la boue ! Mais, me direz-vous, si les champs et les chemins sont dans un tel état, il suffit d'emprunter les routes bitumées… Certes, mais c'est précisément ce qu'une armée d'invasion souhaite éviter, car les axes routiers sont beaucoup plus faciles à défendre : on sait d'où vient l'ennemi ! En outre, sur une route, les véhicules avancent toujours en colonnes, et non déployés sur une grande largeur de terrain, ce qui les rend beaucoup plus vulnérables aux attaques. Pis encore : si un problème immobilise un véhicule, et que les véhicules suivants ne puissent pas contourner la route au risque de s'enliser, c'est alors toute la colonne qui est bloquée. Enfin, si les blindés ne peuvent se déployer à travers champs, il devient pour l'assaillant très difficile d'encercler une ville.

C'est là – pour les Ukrainiens – l'un des effets les plus bénéfiques de la Raspoutitsa : non seulement des chars s'enlisent et sont inutilisables, mais en plus les Russes sont contraints d'emprunter les routes, où ils sont à la fois moins efficaces et plus vulnérables aux attaques. La Raspoutitsa a donc constitué un allié de poids qui, en freinant l'offensive russe à partir de la mi-mars, a fourni un coup de pouce supplémentaire à la courageuse défense ukrainienne. Au point qu'un spécialiste de la question militaire a pu déclarer que les « 4 cavaliers de l'armée ukrainienne » étaient le lance-missile antichar Javelin, le missile antiaérien

Stinger, la Raspoutitsa et… le réseau social TikTok, largement utilisé par le pouvoir ukrainien !

Le problème, c'est que la Raspoutitsa peut aussi se retourner contre les Ukrainiens : à l'automne de la même année 2022, alors que les Ukrainiens menaient une contre-offensive victorieuse, la Raspoutitsa automnale a freiné leur progression. Depuis, le phénomène joue un rôle moindre, car il n'y a plus – ni d'un côté ni de l'autre – de grande offensive rapide : la guerre s'est enlisée elle aussi !

Table des matières

DEUXIÈME PARTIE
Quand la météo libère la créativité

TROISIÈME PARTIE
Quand la météo dessine la géographie et le peuplement de la Terre

QUATRIÈME PARTIE
Quand la météo fait bouger les frontières

DU MÊME AUTEUR

Comment prévoir sa météo ?, Plon, 2007.

Guide de voyage météo, avec Bernard Thomasson, Odile Jacob, 2013.

Quand la météo fait l'Histoire, Albin Michel, 2015.

Les pourquoi de la météo, Albin Michel, 2017.

Nous sommes tous météo sensibles, Albin Michel, 2019 ; J'ai lu, 2021.

Cet ouvrage a été imprimé en France par
CPI Brodard & Taupin
Avenue Rhin et Danube
72200 La Flèche (France)

pour le compte des Éditions Fayard
13 rue du Montparnasse, 75006 Paris
info-fayard@editions-fayard.fr
en août 2025

Composition et mise en pages
Nord Compo à Villeneuve-d'Ascq

PAPIER CERTIFIÉ

fayard s'engage pour l'environnement en réduisant l'empreinte carbone de ses livres. Celle de cet exemplaire est de :
500 g éq. CO_2
Rendez-vous sur www.fayard-durable.fr

N° d'édition : 59-2682-6/01 - N° d'impression : 3061842